TEENS

Valentina F.

IL MIO ♥ X TE

romanzo

FANUCCI EDITORE

Della stessa autrice abbiamo già pubblicato:

TVUKDB – Ti voglio un kasino di bene
TVUKDB – Il sogno di un amore
TVUKDB – M'ama o non m'ama
Il sogno di Valentina (Graphic novel con i disegni di Tomatozombie)

Prima edizione: febbraio 2008
Quarta ristampa: giugno 2009

via delle Fornaci, 66 – 00165 Roma
tel. 06.39366384 – fax 06.6382998
Indirizzo di posta elettronica: info@fanucci.it
Indirizzo internet: www.fanucci.it

Stampato in Italia – Printed in Italy

Progetto grafico: Grafica Effe

Valentina F.

IL MIO ❤ X TE

A Marco

«Marta, Marta, mi senti?»

«Vale? Ma da dove chiami?»

Chiudo gli occhi, cercando di parlare con calma.

«Non so dove mi trovo.»

«Ma cosa...»

Non la lascio finire.

«Non ce l'ho fatta, Marta, gliel'ho detto, sì, lo so, non mi dire niente ti prego... è stata una cosa bruttissima, e lui... lui prima è rimasto in silenzio, poi di scatto mi ha lanciato il regalo e se n'è andato; e poi mi ha detto cose che... è stato terribile, Marta, sento ancora il suo sguardo addosso» dico tra un singhiozzo e l'altro mentre appoggio la fronte a una macchina.

«Come ti è venuto in mente?»

«È stato più forte di me» rispondo sentendomi soffocare.

«Ma adesso dove sei?»

«Non lo so, non conosco la zona, siamo arrivati qui in motorino e io non ho guardato la strada. Mi sento male, Marta, mi viene da vomitare.»

«Calmati, Vale, respira, devi chiamare i tuoi e farti

venire a prendere; è tardi, Vale, non puoi andare in giro da sola, è pericoloso. Ti prego, chiedi a qualcuno dove sei. Non posso credere che quell'idiota ti abbia lasciato lì da sola, non è da lui. Ma cos'è che gli hai detto esattamente?»

«Non lo so, Marta, non lo so, oddio mi sento male... non ce la faccio, non riesco neanche a respirare, mi sento malissimo» continuo quasi parlando a me stessa.

«Vale, Vale, dimmi dove sei, ti prego, non riattaccare, dove sei...» ma la voce di Marta sparisce all'improvviso. Mi si è scaricato il cellulare! Lentamente mi lascio scivolare a terra.

Passano minuti, forse ore, e io rimango così, come se fossi in un'altra dimensione.

Non può essere vero, ti prego, dimmi che è solo un incubo; adesso lui torna e sarà tutto come prima.

Silenzio, solo il fruscio del vento e un cane in lontananza che abbaia. Poi all'improvviso una voce proveniente da una casa vicino:

«Bene signori, adesso vediamo chi di voi mi sa dire che cosa vuol dire 'rincosperno'.

«A – un uccello;

«B – una pianta;

«C – un formaggio.

«Beep. La signora Carla è stata velocissima, complimenti.

«La risposta è C. Dunque vediamo un po'. Un momento di attenzione, se la risposta è esatta la signora Carla va in testa con ben 1.200 punti.»

Non è un formaggio, è una pianta, penso scuotendo la testa. Mi alzo a fatica dal marciapiede e cerco di mettere a fuoco; ma è buio e i lampioni coperti dalle piante mandano poca luce. Sono ferma sul ciglio della strada, cercando di decidere cosa fare, quando una macchina mi sorpassa, poi rallenta, fa retromarcia e sembra proprio venire verso di me. Il sangue mi si gela all'istante, e presa dal panico mi giro nella direzione opposta e comincio a correre a perdifiato senza guardarmi indietro. Mi battono le tempie mentre sento il cuore in gola; sono un'idiota, sì, sono proprio un'idiota. Continuo a correre alla cieca e mentre svolto a sinistra con la coda dell'occhio mi accorgo che adesso i fari mi stanno lampeggiando. Le gambe sembrano cedere, ma chi può essere e cosa vuole da me? Oddio... e adesso che faccio?

Il campeggio

Otto mesi prima, giugno inoltrato.

Sto aspettando Marco per andare al mare con lui, oggi è domenica e mi sono messa il costume che mi hanno regalato le mie amiche per il compleanno, quello con i pesci. È la prima volta che ci andiamo insieme e sono imbarazzata all'idea di spogliarmi e rimanere in costume davanti a lui. In compenso sono felice come non mai, con Marco è successo tutto così in fretta che non mi sembra ancora vero; lui, il fratello della mia migliore amica, che ha perso la testa per me, è fantastico! Anche perché lui è... è proprio un fico! Bello, alto, biondo, occhi azzurri. Non avrei mai pensato fosse possibile; specialmente dopo la delusione con Ale, la mia unica brutta esperienza con i ragazzi. Invece Marco ha scelto me, sì, proprio la sottoscritta, Vale, la ragazzina timida, distratta, che combina sempre qualche casino. E da quando stiamo insieme, e cioè da ben trenta giorni, non so se ci rendiamo conto, la vita ha ripreso a sorridermi come non mai. Forse è il suo sorriso, i suoi occhi azzurri come il cielo in una giornata primaverile, o forse sono le sue carezze, oppure le parole affettuose che ogni volta mi fanno sciogliere come un gelato; oppure i suoi baci, sì, quei baci così teneri e delicati, per non parlare di quando mi stringe forte e mi mordicchia il collo, mmh... adesso sì che so cos'è l'amore... è lui! E si chiama Marco.

Scendo che è già lì e appena mi vede, mi sorride e mille brividi mi attraversano la schiena. Al settimo cielo lo raggiungo di corsa; lui mi stringe forte e le sue labbra morbide mi mordicchiano, appunto, il collo!!! Mi sciolgo dall'abbraccio cercando di mascherare il mio rossore.

«Ehi, pronta per il lungo viaggio?» dice ridacchiando.

«Assolutamente sì, da che parte andiamo?» chiedo ancora accaldata per tutte queste emozioni.

«Pensavo vicino a Ostia, ai cancelli, che ne dici?»

«Dove vuoi.» E aggiungo, in silenzio, basta che sono con te!

Salgo in motorino, metto il casco e appoggio la testa alla sua schiena stringendolo forte: finalmente lo posso abbracciare. Lui ridacchia.

«Cosa c'è di tanto divertente?» chiedo rimanendo incollata a lui.

«Niente, mi piace quando ti stringi a me.»

Rido divertita mentre appoggio il mento sulla sua spalla.

«Ti ricordi la prima volta che mi hai accompagnato a scuola in motorino, quando stavo facendo tardi?»

«No, quale?»

«Smettila, hai capito benissimo.» E gli do un pizzico.

«Ahi, va bene, è vero, mi ricordo, e allora?»

«Te l'ho mai detto che quella volta ho cominciato a capire che mi piacevi? Sono salita sul motorino, ti ho abbracciato e la mia testa ha cominciato a girare come una trottola. Da lì è stata la fine.»

«Vorrai dire l'inizio!» sorride lui buttandosi un po' indietro.

Percorriamo tutto il lungotevere, passiamo per viale Marconi, arriviamo all'Eur e finalmente prendiamo la via del mare.

Mare, mare, mare
ma che voglia di arrivare lì da te, da te
sto accelerando e adesso ormai ti prendo
mare, mare, mare ma sai che ognuno
c'ha il suo mare dentro al cuore sì
e che ogni tanto gli fa sentire l'onda
mare, mare, mare ma sai che ognuno
c'ha i suoi sogni da inseguire sì
per stare a galla e non affondare no, no.

Canto a squarciagola una vecchia canzone di Luca Carboni e Marco mi viene dietro. Mi sento euforica, niente e nessuno può cambiare questo momento; mi sembra che tutto il mondo sia un posto fantastico; il mare, il sole, la città, il traffico, il caldo. Mmh... mi immagino già distesa sull'asciugamano a crogiolarmi al sole, i piedi nella sabbia. Quanto amo l'estate!

«Insomma, ti stai preparando al nuovo evento? Dài, raccontami, sono curioso. Come l'hai presa?»

Eh sì, forse sono così felice anche perché, oltre a Marco, è successo, o meglio sta per succedere, un evento a dir poco s e n s a z i o n a l e!!!

Dunque, andiamo per gradi; un sabato sera, più o meno due settimane fa, mentre ero a cena in pizzeria, i miei mi hanno annunciato che a breve avrò una sorellina; sì, proprio così, una sorella in carne e ossa! Appena me l'hanno detto per poco non cadevo dalla sedia, ho guardato prima mia madre e poi mio padre, ma la loro espressione non lasciava dubbi, non era uno scherzo; così sono saltata dalla sedia commossa e li ho abbracciati. Roba da non crederci, come potevo pensare a una cosa simile? Per una vita ho insistito per avere una sorella o un fratello, ma loro rispondevano sempre che non era il caso, che era troppo impegnativo e faticoso. E ora, invece, ecco qua la mega notizia!

Per i primi giorni sono rimasta un po' stordita, mi sembrava tutto così strano, irreale. Poi, piano piano ho cominciato ad abituarmi all'idea e adesso non vedo l'ora che arrivi; finalmente avrò una sorella anch'io!

«Ma quando nascerà?» continua Marco.

«A novembre.»

«Non ti fa effetto pensare di dividere le tue cose con qualcun altro?»

«Forse, ma per il momento sono così felice. Tu non sei contento di avere una sorella?»

«Non so, per me è diverso, Marta c'è sempre stata, da che mi ricordo, e poi noi siamo un maschio e una femmina. Forse però un fratello mi sarebbe piaciuto, anche solo per giocarci in modo diverso; non che con Marta non l'abbia fatto, ma certe cose con lei non potevo proprio farle.»

«Tipo?»

«Be', tipo fare a botte. Marta non si sarebbe certo tirata indietro, anzi, era sempre lì pronta a provocarmi; ma i miei rompevano, dicevano che potevo farle male. Con lei, verso gli otto, nove anni giocavamo sempre al piccolo chimico; inventavamo formule nuove, facevamo strani intrugli usando pezzi di foglie presi dal balcone dei miei, formiche, lucertole morte immerse nello spirito; sì, lo so, detta così fa un po' schifo, ma invece il nostro scopo era nobile, volevamo inventare formule magiche per salvare il mondo.»

Ridacchio all'idea di Marta e Marco da piccoli. Sospiro, a me invece è sempre mancato qualcuno con cui giocare; quando ero più piccola, spesso mi annoiavo e invidiavo le mie amiche, a casa loro c'era sempre più gente. I miei erano molto presenti, passavano molto tempo con me, ma non era la stessa cosa.

Mentre leghiamo il motorino mi squilla il cell, è Marta.

«Ehi, che fine hai fatto?» mi chiede subito.

«Sono al mare con tuo fratello, non ti ricordi? Te l'ho detto ieri.»

«Sì, lo so, ma non vale, adesso preferisci uscire con lui piuttosto che con me» risponde con voce imbronciata.

«Ma cosa dici? Adesso fai la gelosa di tuo fratello!?!» dico, girandomi per non farmi sentire da Marco.

«Scherzo, anche se un po' mi dispiace che non passiamo più tutto il tempo insieme come prima. Senti, comunque ti chiamavo per dirti che sabato prossimo parto e vado in campeggio a Sperlonga con mia madre. Perché non vieni con me?»

«Cavolo, Marta, sarebbe bellissimo, ma non so se posso, devo chiedere ai miei. Quanto rimanete?»

«Una settimana, forse dieci giorni; dài, vieni con me, non mi mandare da sola.»

«Mi piacerebbe proprio tanto: tasto il terreno con i miei e ti faccio sapere. Però adesso devo andare, tuo fratello freme; a dopo, baci baci.»

«Non ti bruciare troppo.»

E come posso? Brucio già d'amore per lui!

Sono elettrizzata all'idea del campeggio, non ci sono mai andata. Certo, un po' mi dispiace non vedere Marco per una settimana intera, ma lui promette che verrà per il weekend: prima ha gli allenamenti di pallanuoto.

Arrivati in spiaggia decidiamo di sederci vicino al bagnasciuga, in un punto dove c'è poca gente. Apro il mio asciugamano e lo stendo a terra, poi mi guardo intorno, ma in realtà sto solo aspettando il momento giusto per spogliarmi. Marco sta armeggiando con lo zaino e così approfitto della sua distrazione per togliermi in fretta i jeans e stendermi sull'asciugamano, poggiando i gomiti. Lui intanto, ignaro di tutto, si sfila la maglietta e i jeans; non resistendo alla tentazione, lo sbircio di nascosto... cavolo, ragazzi, che fisico! Distolgo lo sguardo imbarazzata; che figura faccio se si accorge che lo sto spiando, così fingo di guardare il mare, ma non riesco a concentrarmi, adesso il suo corpo è a mezzo millimetro da me. Oddio, sta guardando la mia pancia; nooo, si sta soffermando sulle mie cosce belle in carne! Devo mettermi a dieta; da stasera niente più pasta, solo verdure, una dieta efficace che ho letto in una rivista. Certo, la vedo dura, a me le verdure fanno schifo! Vabbè, non importa, posso farcela. Brava Vale, bisogna essere tenaci; come dice sempre mio padre, le cose bisogna sapersele guadagnare, anche a costo di grandi sacrifici! Esatto!

«È carino il costume con i pesci, ti sta bene.»

«Dici?»

«Posso guardare da vicino che pesci sono?» e senza aspettare risposta mi si butta addosso.

Rido divertita e l'imbarazzo scompare all'istante. Il contatto con il suo corpo nudo mi dà una strana sensazione, la sua pelle così liscia, il suo petto che mi solletica; è tutto nuovo per me. Rimarrei così per ore, ma Marco freme per farsi il bagno: ci alziamo tenendoci per mano e correndo ci tuffiamo in acqua. Che freddo, penso risalendo in superficie; faccio qualche bracciata per riscaldarmi ma mi sento tirare per un piede, mi giro e Marco è vicino a me. Tante goccioline gli scendono dai capelli e i suoi occhi adesso sono più azzurri del mare. Ci abbracciamo e baciamo, sa di sale e fragola. Chiudo gli occhi e li apro di nuovo per guardarlo; poi scivolo via dal suo abbraccio e mi rituffo, ma lui mi afferra per la vita, e così rimaniamo sotto con gli occhi aperti a guardarci. Lo abbraccio e lo bacio ancora e poi ancora.

Salgo in superficie per respirare.

«Dài, vediamo chi arriva primo alla boa» mi dice indicando un punto non troppo lontano.

«Va bene, però mi devi dare un piccolo vantaggio, altrimenti non vale.»

«Okay, conto fino a cinque e poi parto. Chi perde offre il gelato!»

Posso farcela, posso vincere, mi dico concentrandomi sulle bracciate. Poi sento un movimento d'acqua vicino a me, mi giro leggermente senza perdere il ritmo e mi accorgo che Marco mi sta raggiungendo. Cavolo, non vale, nuota troppo veloce, provo ad accelerare ma ormai le sue gambe stanno per oltrepassarmi; così mi aggrappo al suo costume e glielo sfilo, lui si ferma e io ne approfitto per arrivare prima alla boa.

«Ho vinto, ho vinto» dico urlando.

Lui in due bracciate è alla boa, mi afferra per la vita e mi spinge sotto. Presa alla sprovvista, bevo; lui mi riporta in superficie, mi fa respirare appena e mi spinge di nuovo giù. Bevo di nuovo, lui lascia la presa e si allontana di qualche millimetro.

«Ma che modi sono questi!» dico continuando a tossire.

«Quello che ti meriti! Non sai perdere; non credevo fossi così competitiva.»

«Okay, però non c'era bisogno di affogarmi; ci sono modi più carini.»

Lui senza rispondere nuota verso riva.

Lo raggiungo poco dopo e mi lascio cadere sull'asciugamano vicino a lui, che fa finta di dormire.

«Non c'è bisogno da fare l'offeso; va bene, scusa, pagherò il gelato» gli dico facendogli il solletico.

«Minimo ne paghi due» mi risponde girandosi e buttandosi addosso a me.

Passiamo tutto il resto del pomeriggio a toccarci, abbracciarci e baciarci in piedi, sull'asciugamano, in acqua, sulla sabbia; poi di nuovo sull'asciugamano e ancora in acqua. Torno a casa rossa come un peperone, le labbra gonfie come un canotto, ma felice come una pasqua.

Sarà stata colpa del sole o dei baci?

I miei accettano di mandarmi al campeggio senza fare obiezioni, e così passo tutta la settimana successiva a prepararmi e sabato, la mattina della partenza, sul mio letto ci sono montagne di vestiti.

«Non ti sembra di esagerare? Stai partendo solo per una settimana, a cosa ti servono tutti quei vestiti?» chiede mia madre entrando in camera e sedendosi lì vicino.

Cinque paia di jeans, quattro pantaloncini corti, quattro gonne, tre vestiti, montagne e montagne di magliette; in effetti ho svuotato l'armadio... ho esagerato? Passo un'altra ora a fare una selezione e alla fine chiudo lo zaino, soddisfatta; quando Marta suona il citofono, afferro al volo la felpa e saluto i miei. Il viaggio trascorre velocemente e arriviamo al campeggio di pomeriggio. Io e Marta siamo su di giri, è la nostra prima vacanza di quest'anno, e cosa ancora più divertente, la madre ha deciso di farci dormire da sole!

Montiamo la tenda e sistemiamo gli zaini.

«Che fai, non ti cambi?» mi chiede Marta guardandomi perplessa mentre si spoglia.

«Da fuori si vede tutto.»

«Ma no, solo un'ombra, ma se preferisci teniamo la luce spenta.»

Vedendo delle formiche camminare lungo il bordo interno della tenda, chiudo velocemente lo zaino e mi metto a ispezionare ogni angolo, non vorrei saltasse fuori qualche bacarozzo o altro insetto schifoso. Alla fine, soddisfatta del risultato, mi siedo sul sacco a pelo e guardo Marta.

«Cosa ne dici se andiamo a farci una bella doccia, così controlliamo anche quanto sono distanti i bagni?»

Giusto, non ci avevo pensato.

«Ma che succede se devo andarci di notte?» chiedo.

«Prendi questa e vai» mi dice sventolando un rotolo di carta igienica davanti ai miei occhi.

Ammutolisco interdetta.

«Vale, non hai altra scelta, e poi, secondo te, gli altri cosa fanno?»

Non me ne importa un fico secco di quello che fanno gli altri! Okay, calma, è tutto sotto controllo, inutile agitarsi per niente, penso mentre ci incamminiamo.

«Vale, vieni, si è liberata una doccia, facciamola insieme, ho preso anche il gettone» e mi tira per l'asciugamano. Come, un gettone? Ma è a tempo? Cavolo, non ci posso credere... e io che rimango ore e ore sotto il getto d'acqua calda. Aiuto, voglio tornare dai miei!

La doccia per fortuna mi distrae e finalmente mi torna il sorriso.

«Non mi hai ancora detto come bacia mio fratello» parte in quarta Marta.

Il sapone mi cade dalle mani.

«Marta, ma che domande sono?»

«Perché, cosa ho detto?»

«Smettila, lo sai che mi imbarazzo.»

«Ma dài, cosa ti ho chiesto in fondo?»

Cosa mi ha chiesto, cosa mi ha chiesto... Come faccio a parlare con la sorella del mio ragazzo dell'effetto che mi fanno le sue carezze? Per non parlare di quello che provo quando mi bacia e stringe a sé. Sì, lo so, lei è anche la mia migliore amica, ma rimane pur sempre sua sorella. Questa cosa l'ho pensata dal primo momento che mi sono messa con lui: e ora con Marta come mi comporto? A lei invece non fa nessun effetto, anzi, forse si diverte ancora di più sapendo che parliamo del fratello.

«Quante storie. Allora, bacia bene o no?»

Arrossisco e sorrido mio malgrado.

«Non male» dico alla fine, rassegnata.

«Lo immaginavo. Senti, ma che sapore ha?»

La guardo con aria interrogativa.

«Ognuno ha un sapore diverso. Forse dipende da quello che mangia» continua scoppiando a ridere.

«Tu sei tutta matta» rispondo schizzandola.

In quel momento con la coda dell'occhio vedo un movimento dall'alto, ma non faccio in tempo a capire di cosa si tratta.

«Hai visto?» chiedo allarmata.

«No, cos'era?»

«Non lo so.»

«Sarà stato un topo.»

«Oddio, non mi dire che...»

Lei scoppia di nuovo a ridere vedendo la mia faccia.

«Scherzavo.»

«Marta, non ci provare più, non lo trovo per niente divertente. Che schifo, mi vengono i brividi solo all'idea!»

Ma non faccio in tempo a finire che percepisco di nuovo un movimento. Alzo la testa di scatto e incontro due occhi scuri.

«Marta, ci stanno spiando» urlo cercando di coprirmi con le mani.

«Dove? Non vedo niente; sicura che non ti sei fatta suggestionare?» risponde guardando nella direzione che le indico.

«Te lo giuro, ho visto due occhi neri guardarci da lassù» insisto, indicando la fessura tra la parete e il soffitto.

«Veramente? E com'erano?»

«Ma che ne so. Dio, ma dove mi hai portato?» chiedo sentendomi improvvisamente esausta.

«Rilassati, siamo appena arrivate!!!» risponde aprendo la porta e prendendo i due asciugamani. «Vuol dire che hai già fatto colpo su qualcuno, speriamo sia almeno carino» continua.

«Non mi piacciono i guardoni» rispondo risentita e mi guardo intorno alla ricerca di quegli occhi, che però sembrano svaniti nel nulla. Non me li sono assolutamente sognati, ne sono sicura, penso mentre torniamo verso la tenda. Mi sa che il campeggio non fa per me, e appena arrivo in tenda telefono ai miei per sentirmi un po' a casa.

La mattina dopo sono con Marta a lavare i piatti della colazione quando arrivano due ragazzi, più o meno della nostra età, e si mettono al lavandino vicino a noi. Li osservo dallo specchio e uno mi sembra di averlo già visto, così lo guardo meglio, incrocio i suoi occhi e... ma sì, è il guardone. Mi giro verso Marta, che mi osserva con aria interrogativa.

«Quello vicino a te è il ragazzo che ci spiava ieri alle docce» le bisbiglio.

Lei si gira di scatto verso di lui, lo squadra, poi si volta e mi fa l'occhiolino.

«Io non capisco proprio le persone che spiano nei bagni» dice parlando a voce alta e continuando tranquillamente a lavare una tazza.

Spalanco gli occhi per la sorpresa.

«Secondo me hanno dei seri problemi, voi lo fareste mai?» chiede girandosi verso di loro guardandoli con aria innocente.

Loro arrossiscono e balbettano qualcosa di incomprensibile, poi con la stessa rapidità con cui sono arrivati prendono i piatti ancora sporchi e fuggono via.

Scoppiamo a ridere come matte.

«Oddio, Marta, hai visto che faccia hanno fatto? Mentre parlavi quello vicino a te si è gonfiato come un pallone, pensavo stesse per scoppiare. Non so proprio dove trovi il coraggio per fare certe cose» dico scuotendo la testa.

«Senti, almeno fossero stati carini, ma erano brutti e con la faccia antipatica. Possono fare solo i guardoni, e poi così, forse, la fanno finita di spiare la gente» risponde mentre torniamo in tenda ancora con le lacrime agli occhi.

Dieci minuti dopo siamo già distese al sole.

«Come hai dormito sul materassino?»

Faccio una smorfia.

«Mi sono svegliata un migliaio di volte. Ogni momento sentivo un rumore nuovo, inquietante. E poi i nostri vicini hanno fatto un casino pazzesco; uno dei due ha russato come un trombone!»

Lei scoppia a ridere.

«Non so come si faccia a vivere con qualcuno che russa in modo così esagerato» continuo io.

«A casa mia madre dorme con i tappi nelle orecchie perché mio padre è come i nostri vicini» risponde inarcando un sopracciglio.

Io non lo vorrei un marito che russa; certe scelte sono importanti, bisognerebbe saperlo prima di andarci a vivere insieme. Certo, non è facile andare a chiedere a un ragazzo: ma tu russi? No, perché sai se lo fai è meglio che non ci mettiamo insieme, tanto tra noi non potrebbe funzionare. In quel momento un pensiero mi fulmina: e se Marco è uno che russa?

«Vale, guarda quel tipo giù in fondo, quello che si sta togliendo la maglietta verde. Non ti girare subito, aspetta un po', altrimenti si accorge che lo stiamo guardando.»

Lascio passare qualche secondo, poi mi volto nella direzione indicata e incrocio un paio di occhi verdi. Distolgo lo sguardo velocemente e mi giro verso Marta.

«Ma è un fico pazzesco. Cavolo, Marta, che occhio.»

Lei ridacchia divertita.

«Vale, non ci crederai, ma mi ha sorriso» e da come si atteggia capisco che ha trovato finalmente qualcuno che ha risvegliato il suo interesse.

Sorrido, chiudo gli occhi e mi addormento all'istante. Mi risveglia la voce di Marta. Rimango ancora un po' distesa, cercando di capire cosa sta dicendo; poi obbligata dal dolore al braccio mi giro e mi metto a sedere.

«Bentornata tra noi.»

«Ho dormito molto?» chiedo a Marta sorridendo impacciata.

«Un po'. Anzi, dai segni sulla faccia direi parecchio. Lui è Andrea, lei è Valentina, Vale per gli amici» risponde lei ammiccante.

Sempre la solita peste! Mi copro la guancia con la mano e guardo il ragazzo, che mi sorride; Marta non ha perso tempo, è il tipo di poco fa! Alto, capelli neri corti e occhi verdi a mandorla; uno schianto, nel vero senso della parola. Avrà minimo diciotto anni, forse anche diciannove. Ricambio il sorriso, poi mi alzo e vado verso il bagnasciuga, mi sento ancora leggermente assonnata. Mi bagno i piedi e mi giro verso Marta; gli parla mentre continua a mangiarselo con gli occhi. Lui si passa una mano tra i capelli; sa di essere molto fico, anche se per i miei gusti se la tira un po' troppo. Allunga le gambe, lunghe e magre; poi, forse sentendosi osservato, si gira verso di me, socchiude gli occhi e mi sorride di nuovo. Abbasso lo sguardo, colta in fallo; così mi giro verso il mare e decido di fare il bagno.

«Vale, hai visto che schianto?» chiede Marta che nel frattempo mi ha raggiunto, per fortuna, da sola.

«Fantastico, come hai fatto a conoscerlo?»

Mi racconta che mentre dormivo è andata a fare una passeggiata ed è arrivata al chiosco che si trova più avanti, sulla spiaggia; e mentre era lì seduta a mangiare un gelato, lui, sì, proprio lo strafico, le si è seduto accanto e poi è stato un attimo, continua Marta entusiasta, e si sono messi a chiacchierare.

«Se hai voglia, alle sei potremmo tornare al chiosco, lui sta spesso lì con degli amici intorno a quell'ora; che ne pensi?»

«Non ti sembra troppo grande?»

«Sì, forse, ma sembra simpatico e a posto. Perché quella faccia scettica?»

«Niente. Lo sai come la penso.»

Ma lo sguardo di Marta mi è sufficiente per capire che non ha alcuna voglia di mollare, e quando si mette in testa una cosa non c'è verso di farle cambiare idea. Come l'anno scorso, quando aveva puntato Luca; ha detto e fatto tanto che alla fine ci si è messa insieme.

Usciamo dall'acqua e ci stendiamo sugli asciugamani; chiudo gli occhi e il viso di Marco si insinua nei miei pensieri. Sospiro, non so perché, ma non voglio nessun altro, a me basta lui; forse sono esagerata, ma è così. Mi giro a pancia sotto e mi lascio riscaldare dai raggi del sole.

«Dormi ancora?» Sento la voce di Marta riportarmi alla realtà.

Riapro gli occhi a malincuore.

«Stavi pensando a Marco, si vede dal sorriso stampato sulla faccia.»

Ridacchio divertita. Ecco cosa vuol dire essere veramente amiche, ci si capisce al volo.

«Mi è venuta fame» le rispondo, prima che le sue 'innocenti' domande mi piombino addosso come un falco predatore.

«Andiamo a vedere se mia madre ha preparato qualcosa» risponde prendendomi sotto braccio.

Notte fonda, guardo l'orologio: l'una di notte. Le cicale fanno un casino pazzesco, sembra si siano date appuntamento per un mega concerto rock. Mi giro nel sacco a pelo nervosa; non mi dire che mi tocca andare al bagno proprio a quest'ora, penso. Provo a ignorare lo stimolo che sento e mi assopisco leggermente, ma dopo dieci minuti eccolo di nuovo lì; rassegnata, mi alzo, indosso i pantaloni della tuta ed esco. Sbadiglio e l'aria fresca mi fa rabbrividire, perché non ho messo anche la felpa? Tutto intorno silenzio, solo qualche voce indistinta. Cammino veloce con la testa bassa quando mi sento chiamare: mi giro e vedo Andrea. Veloce nascondo la carta sotto l'asciugamano, che per fortuna ho con me.

«Vale, ciao, che ci fai ancora in piedi a quest'ora?»

Mi guardo intorno imbarazzata, ma non mi viene in mente niente di meglio da dire.

«Veramente stavo andando in bagno» rispondo timida.

«Ti accompagno.»

Al bagno?

«Non ce n'è bisogno, grazie.»

«Tanto anch'io vado da quella parte.»

E senza aspettare risposta si incammina a fianco a me. Forse ci deve andare anche lui!

Sento dei rivoli di sudore scendere lungo la schiena e ogni tanto le fitte si fanno più insistenti. Vorrei mettermi a correre, invece rimango calma e sorrido come se niente fosse.

«Domani mattina esco in gommone con Alessio e Giacomo, te li ricordi? Li hai conosciuti oggi pomeriggio.»

Annuisco mentre mi guardo i piedi.

«Perché non venite anche voi? Così ci facciamo un bagno al largo.»

«Non so, a che ora andate?»

Ma dove diavolo sono finiti i bagni? Comincio a sudare un po' di più...

«Verso le dieci, forse anche più tardi.»

«Mmh... ne parlo con Marta e ti faccio sapere domattina.»

Finalmente intravedo la luce dei bagni e così taglio corto.

«Okay, allora a domani» gli dico.

«Ti aspetto.»

Faccio un salto indietro. Come mi aspetta? Ma non lo so quanto ci posso mettere, e poi voglio rimanere sola.

«Ma no, grazie, non serve. Vai» insisto stringendo forte l'asciugamano.

«Non ho sonno, e poi si sta così bene fuori; mi fumo una sigaretta e aspetto che torni» continua lanciandomi uno sguardo accattivante. Ma in questo momento i suoi occhi non hanno nessun fascino, la mia mente è distratta da altro. Mi giro frettolosamente ed entro dentro, ma dopo pochi passi mi accorgo che il bagno delle donne è sbarrato: stanno lavando per terra... all'una di notte? Mi guardo intorno disperata mentre il panico sta per avere il sopravvento.

Che faccio? Potrei arrivare fino all'altro bagno, quello vicino alla spiaggia; no, non posso farcela, penso mentre piccole perline di sudore mi appaiono sulla fronte. E se mi buttassi tra i cespugli? Vale, ma che dici, siamo in un campeggio!

Esco di nuovo e Andrea si alza.

«Stanno lavando i pavimenti, non posso entrare.»

«Vai a quello degli uomini» risponde alzando le spalle.

Lo guardo terrorizzata, nel bagno dei maschi???

«Non fare quella faccia, a quest'ora non ci sarà nessuno. Anzi, facciamo una cosa, ti accompagno dentro e rimango a controllare che non entri nessuno.»

I miei occhi si spalancano. Ma che siamo impazziti! No, non si può fare, non posso, penso mentre i dolori aumentano e adesso mi tremano anche le gambe.

«Non ci pensare; dài, entra» aggiunge tirandomi per un braccio.

Alla fine entro e guardo costernata il buco sul pavimento. Sospiro rassegnata, ci mancava solo il bagno alla turca... Mi giro e il rotolo di carta cade dentro al buco.

«Nooo!» urlo mettendomi subito le mani sulla bocca.

«Vale, cosa succede?»

No, no, no, sospiro disperata. Perché devono capitare tutte a me? Dio, sono proprio una frana!

«Vale, che c'è? Non ti senti bene?»

«No... ecco, veramente... c'è un piccolo problema.»

«Cioè?»

Sospiro e appoggio la fronte alla porta.

«Mi è caduta la carta igienica nella tazza del bagno» dico tutto d'un fiato.

Nessun rumore.

«Andrea?» chiedo con un filo di voce.

«Sì, sì, sono qui. Oddio, scusa Vale, mi viene da ridere... scusa, non lo faccio apposta, è che la situazione mi sembra così buffa.» E sento che non riesce a trattenersi.

«Non c'è niente di divertente» dico indignata.

È tutta colpa di questo cavolo di posto, appena torno in tenda strozzo Marta. Che vergogna, dio che imbarazzo, domani lo saprà tutto il campeggio.

«Sì, scusa, hai ragione. Aspetta qui, vado a cercarti qualcosa» aggiunge cercando di mostrarsi serio. Ma ormai ha perso completamente il controllo e si sta sganasciando dalle risate.

E poi, dove potrei andare anche volendo?

Dieci minuti dopo esco finalmente dal bagno, e senza avere il coraggio di guardarlo in faccia lo saluto frettolosamente e fuggo via.

«Vale, dove sei stata, stavo cominciando a preoccuparmi: mi sono svegliata un paio di volte e non ti ho visto, cosa è successo?» mi chiede Marta appena torno in tenda.

Mi butto sul materassino stravolta e le racconto tutto.

«Una gita in gommone... ma è fichissimo, Vale; allora è stata una fortuna che vi siete incontrati.»

Mi copro il viso con le mani.

«Marta, ma che dici? Hai capito cosa mi è successo? Ci dovevi essere, una situazione penosa; neanche nei miei peggiori incubi avrei mai pensato potesse accadermi una cosa del genere. Dio, che imbarazzo; forse è meglio se domani torno a casa.»

«Esagerata, sempre melodrammatica. Non ci pensare, ormai è acqua passata, e poi può capitare a chiunque» risponde girandosi dall'altra parte e addormentandosi all'istante. Come diavolo fa a fare sempre tutto facile?

Il giorno dopo mi sveglio e trovo un suo biglietto sul cuscino.

> Mi sono alzata presto, avevo un appuntamento in spiaggia. Quando sei sveglia manda un sms. Baci.
> P.S.: non dire niente a mia madre.

Rimango ancora un po' a sonnecchiare rannicchiata sotto il sacco a pelo e scrivo un sms a Marco, già mi manca così tanto. Chissà dov'è andata Marta, penso stiracchiandomi; ieri sera non mi ha detto che doveva vedere Andrea. Certo non perde tempo.

Arrivo in spiaggia verso le dieci, mi stendo vicino alla riva, mando un sms a Marta e accendo l'iPod.

«Sola?»

Andrea è in piedi di fronte a me.

Ripenso alla scena della sera prima e arrossisco di botto. Uffa, ma non doveva essere con Marta? E io non avevo detto che tornavo a Roma?

Annuisco mentre mi guardo intorno.

«Ti va un bagno?» mi sorride invitante. Per fortuna non fa nessun cenno alla mia figuraccia.

«Veramente sono appena arrivata, magari più tardi. Marta?» non resisto alla tentazione di domandare.

«L'ho vista poco fa» risponde distrattamente e si siede sul mio asciugamano senza chiederlo e, per i miei gusti, fin troppo vicino.

Non mi viene in mente niente da dire, anche perché la sua vicinanza mi rende nervosa. Cercando di non farmene accorgere, mi sposto impercettibilmente, ma lui subito dopo riguadagna lo spazio perso. I miei sensi sono tutti all'erta, da un lato vorrei alzarmi e andare via, dall'altra però non ne ho voglia, c'è una piccola parte di me che dice di non dargliela vinta. O è qualcos'altro? Quando parlo la mia voce esce strozzata e spero che lui non se ne accorga.

«Marta mi ha detto che vivi a Roma, dove?»

«Vicino viale Libia, conosci la zona?»

Vagamente, penso, anche se faccio di sì con la testa.

«E che scuola fai?» continuo.

«Veramente ho finito l'anno scorso!» Inorridisco, l'avevo detto che era troppo grande!!!

Il mio disagio aumenta.

«Non ti senti bene?» mi chiede.

Devo aver fatto una faccia tremenda.

«No, niente, sarà il caldo.»

Si avvicina ancora di più e con la gamba tocca quasi la mia; mi scosto come bruciata.

«Non mordo mica» ridacchia lui.

Uffa che pizza, ma perché Marta non arriva? Dovrei essere contenta, Andrea è così fico; ma non so, non riesco proprio a sentirmi a mio agio, e poi io sto con Marco!

Persa nei miei pensieri non mi accorgo che intanto lui si è avvicinato ancora di più e sta giocando con una ciocca dei miei capelli.

«Che fai?» urlo scattando in piedi come una molla.

Lui rimane seduto sull'asciugamano e mi guarda tranquillo.

«Dài, Vale, rimettiti giù, sei così carina; non ti voglio mica mangiare.»

Fuggo via come morsa da una tarantola. Questa proprio non ci voleva, penso agitatissima, e proprio in quel momento mi imbatto in Marta.

«Ma dove diavolo ti eri cacciata?» le chiedo un po' risentita.

«Oh, Vale, tu non sai, mi è successa una cosa fantastica, un colpo di fulmine» risponde con sguardo sognante.

Mi si gela il sangue, ti prego, dimmi che non è vero, ti prego!

«L'ho capito subito appena l'ho visto che era il tipo giusto.»

«In che senso?»

«Così carino, affascinante, e poi anche per lui è stato lo stesso!!!»

Come no, penso sarcastica.

«Sei sicura, non corri troppo come al solito?» rispondo.

«E tu, perché quell'aria funebre?»

«Niente, è solo che penso ti potresti anche essere sbagliata. Lascialo perdere, Marta.»

«Come fai a dirlo, che ne sai tu? Stamattina è stato dolcissimo, ci siamo baciati in un modo così intenso che ho ancora il suo sapore sulle labbra.»

«Senti, te lo dico per il tuo bene, per me vuole solo portarti a letto.»

«Ma che ti prende, perché ti sta così antipatico se neanche lo conosci? E poi, anche se fosse?»

Continuo a torturarmi le mani e non riesco a guardarla in faccia. Avanti, diglielo, devi avere il coraggio di dirglielo, altrimenti non sei una vera amica.

«No, ecco... insomma, non ho detto che mi sta antipatico, è solo che penso potrebbe farti soffrire!»

Vigliacca!!!

Mi abbraccia commossa.

«Mi piace sapere di poter contare su di te; ma devi essere contenta, io sono al settimo cielo.»

Rimango in silenzio mentre torniamo verso il mio asciugamano, dove ad Andrea si sono aggiunti anche Alessio, Giacomo e Giada, un'altra loro amica.

«Ragazze, siete pronte, andiamo?» esordisce Andrea appena ci vede tornare.

Andare dove? Oddio, la gita in barca, me n'ero completamente dimenticata!

Più che un gommone direi che sembra un canotto con il motore, penso mentre saliamo e ci stringiamo per entrarci tutti; alla fine partiamo dopo aver caricato i nostri zaini, una grossa sacca e gli asciugamani.

Facciamo un bel giro, ci fermiamo a fare il bagno in una caletta e poi alla fine gettiamo l'àncora in un tratto non molto lontano dalla costa. Andrea tira fuori dalla grossa sacca un fucile subacqueo, un pallone di gomma, delle pinne lunghissime e la muta.

«Mi faccio un giretto, così se pesco qualche sarago potremo fare una bella grigliata in spiaggia stasera, che ne dite?»

Annuiamo tutti soddisfatti e gli facciamo posto per permettergli di indossare la muta.

Sembriamo alla prima di un film; io, Marta, Alessio, Giacomo e Giada siamo gli spettatori e Andrea ne è il protagonista. La scelta del regista, di fare un primo piano alle spalle muscolose di Andrea, viene apprezzata dal pubblico femminile, che infatti si scambia uno sguardo molto eloquente.

Dopo venti minuti, quando ormai ci stiamo per spazientire tutti quanti, lui, finalmente pronto, si butta facendo una capriola e all'indietro e nello stesso istante il gommone si impenna e noi, presi alla sprovvista, finiamo tutti in acqua.

«Aaah» urliamo in coro mentre il canotto ci finisce in testa.

Annaspo, cercando di capire dove sono finita. Risalgo mentre vedo gli altri fare altrettanto.

«Tutto bene, ragazze?» chiede Giacomo.

Sììì, urliamo tutte e tre come oche giulive.

«Oddio, le borse» aggiunge Giada.

«Nooo, i cellulari» le va dietro Marta.

Ci buttiamo di nuovo sott'acqua e io riesco ad afferrare al volo un asciugamano che lentamente stava scivolando verso il basso.

Alla fine risaliamo avendo recuperato tutto, ci aggrappiamo al gommone ancora girato e scoppiamo tutti a ridere; sembriamo dei naufraghi.

Andrea, incuriosito dal trambusto, risale e ci trova così.

«Ma cosa vi è successo?» sorride mentre si toglie la maschera.

Noi ci guardiamo e gli lanciamo addosso un asciugamano bagnato.

Torniamo a riva che io e Marta abbiamo perso tutti i numeri di telefono del cell, le foto e i messaggi memorizzati, una tragedia. E adesso chi lo dice ai miei, penso depressa mentre torniamo in tenda; è già la seconda volta in pochi mesi che affogo il cell, e mi torna in mente quella volta con Sara alla toilette dei cani.

Sono le dieci di sera e siamo tutti sulla spiaggia a fare un falò; Alessio suona la chitarra mentre noi, rilassati, gli andiamo dietro canticchiando qualche canzone. Marta è seduta vicino ad Andrea e Giacomo; ogni tanto mi giro e vedo gli occhi che le brillano, sembra persa dietro quegli occhi verdi.

«Andiamo a fare il bagno!» urla all'improvviso Giada.

Terrorizzata, afferro il braccio di Marta.

«Che c'è?» mi chiede.

«Non ho il costume» le sussurro.

«Che ti importa, tanto è buio, non se ne accorge nessuno» replica ridendo, e si alza tirandomi per la mano. Contagiate dall'euforia generale, ci spogliamo di fretta e correndo ci buttiamo dentro l'acqua con solo gli slip e il reggiseno.

Mi lascio andare al leggero movimento del mare mentre guardo il cielo illuminato dalla luna.

«Guarda quante stelle, Marti.»

«Fantastico. Non è tutto così divertente?»

«Sì, molto.»

«Allora, ti sei rilassata un po'?»

Rido felice.

«Mi ha dato un appuntamento.»

«Davvero?»

«Sì, mi ha chiesto di vederci da soli più tardi.»

«Ma dopo quando? Sono già le dieci e mezza, tra poco dobbiamo tornare.»

«Sì, lo so. Verso mezzanotte, quando anche mia madre sarà andata a dormire.»

«E dove vai?» chiedo preoccupata.

«Torno qui, ci facciamo una passeggiata sulla spiaggia, sotto le stelle!» risponde estasiata.

«Che cosa romantica!» Mi sforzo di sembrare contenta per lei.

«Oh! Vale, non so cosa mi prende, mi sento come su un altro pianeta. È così che succede quando ci si innamora?»

«Sì, penso di sì. Almeno a me con Marco succede questo.» E mentre lo nomino mi si increspano le labbra: come vorrei che fosse vicino a me! Chiudo gli occhi e mi faccio cullare dalle onde.

All'improvviso mi sento strattonare; oddio che paura, ma cosa può essere... lo sapevo che non bisognava fare il bagno di notte! Cerco di raddrizzarmi, ma qualcosa mi spinge verso il basso; annaspo e l'acqua mi entra dal naso. Ma cosa diavolo... Finalmente risalgo, e con sgomento mi accorgo di non avere più il reggiseno. Andrea, apparso improvvisamente dal nulla, mi guarda trionfante mentre mi sventola sotto al naso il pezzo di sopra.

«Mi sa che ti sei persa qualcosa.»

Brutto bastardo che non sei altro! Mi giro alla ricerca di Marta, ma non è più vicino a me.

«Che ti è saltato in mente? Non è per niente divertente. Ridammelo subito!» rispondo cercando di non far trasparire l'ansia.

«Vieni a prenderlo» risponde con sguardo divertito mentre continua a ciondolare il braccio.

Mi avvicino leggermente rimanendo nell'acqua.

«Dài, ti prego, Andrea.»

Lui si avvicina sempre di più facendolo dondolare ancora.

Rimango incerta sul da farsi; vorrei prenderlo a schiaffi, ma da un lato sono come paralizzata. Lui mi sovrasta completamente e ora è a due millimetri da me. Le sue spalle muscolose e il ventre piatto sembrano come le sirene di Ulisse. Distolgo lo sguardo imbarazzata e in uno scatto mi alzo e afferro il reggiseno; ma Andrea approfitta di quel gesto per stringermi a sé e baciarmi.

Sale, acqua, sapore di alcol e tabacco. Per una frazione di secondo il mio corpo si lascia andare a quel contatto; ruvido, energico e potente, il mio seno che tocca il suo petto; poi per fortuna ritorno in me e lo allontano con forza.

«Come hai potuto?» dico più a me stessa che a lui.

«Mi sembra che non ti sia dispiaciuto» risponde lui imprigionandomi con gli occhi.

Per fortuna le stelle e la luna non possono rivelare il mio imbarazzo.

«Hai capito male, non mi è piaciuto per niente» rispondo indispettita e mi allontano da lui più velocemente possibile con in mano il reggiseno stretto a me. Ho le lacrime agli occhi.

Speriamo che Marta non mi abbia visto, penso guardandomi intorno con aria circospetta.

La fortuna sembra assistermi e arrivo indenne ai miei vestiti.

Dopo mezz'ora siamo in tenda tutte e due, ma io non riesco a guardarla in faccia.

Marta invece non sta più nella pelle; si gira e rigira sul materassino. Io vorrei morire; anche se cerco di negarlo so perfettamente che il bacio mi è piaciuto, dunque mi sento in colpa verso Marco prima di tutto e poi verso Marta. Che pessima persona sono; non mi merito nessuno dei due, penso quasi in lacrime.

L'unica cosa da fare è avvertire almeno Marta di che tipo è Andrea. La guardo e le parole mi muoiono in gola: le spezzerò il cuore.

«Tu non sai come bacia, Vale. Ti risucchia dentro, e poi la lingua... non sta fermo un attimo.»

Sono indecisa; magari aspetto ancora un pochino, penso, attirata dalle sue confidenze.

«Cioè che fa?» chiedo, curiosa di scoprire se anche lei ha provato le stesse sensazioni.

«Non saprei dirti bene, ma la muove tutta a mulinello, si attorciglia alla mia lingua, una cosa stranissima.»

«Detta così fa un po' impressione» rispondo ridacchiando; a me non è sembrato.

«Ma no, è fichissimo, ti senti come in una centrifuga» continua stringendosi il cuscino al petto.

Ritorno in me: adesso o mai più!

«Marta, ti devo dire una cosa.»

«Mmh...» mi risponde distratta.

«Marta, mi ascolti? È una cosa importante.»

«Cavolo, quando usi quel tono significa che 'è' veramente importante. Vai, ti ascolto, è successo qualcosa con Marco?»

Sì, sì, sì, anche con lui!

«Be'?» mi incalza.

«Non devi andare all'appuntamento!» riprendo risoluta, tirandomi su e mettendomi a sedere a gambe incrociate.

«Tu sei matta, ancora con questa storia?»

«No, guarda, mentre facevamo il bagno Andrea ha provato a baciarmi» le dico tutto d'un fiato.

Ecco, l'ho detto, ce l'ho fatta! Brava, Vale, così si fa; bisogna dire le cose come stanno, anche se fanno soffrire.

«Ti sei baciata con Andrea e hai aspettato tutto questo tempo per dirmelo?»

Si alza anche lei di scatto e mi guarda. Non riesco a decifrare il suo sguardo.

Balbetto qualcosa.

«Dài, racconta, sono curiosissima. Dio, che vacanza» continua lei.

La guardo confusa, senza capire.

«Ma non sei arrabbiata?»

Adesso è lei a guardarmi stupita.

«Perché dovrei, per via di mio fratello?»

Non capisco, mi sono persa un pezzo.

«Aspetta un attimo. Non te ne importa niente se il tuo 'colpo di fulmine' ha provato a baciarmi poco fa?»

«Non è mica lui; perché... hai pensato fosse Andrea?»

«Certo. Appena conosciuto, l'altro giorno, mi hai detto che era fichissimo, uno schianto; ho forse capito male?»

«Sì, è un vero fico, e continuo a pensarlo, ma uno mica si innamora solo dei belli, no?» risponde.

Mi rilasso all'istante.

«Ma allora chi è?»

Lei mi guarda e ride.

«Dài, fai uno sforzo, puoi arrivarci.»

Veramente non c'è molta scelta, rimangono solo Alessio o Giacomo; ma nessuno dei due mi sembra il tipo di Marta. Alla fine mi butto alla cieca.

«Giacomo?» Marta sorride e si porta un dito alle labbra.

E dall'espressione capisco di aver fatto centro.

«Ma come è successo? E perché l'avete tenuto nascosto?»

«Sei l'unica a non essertene accorta, gli altri l'hanno capito subito. Eri talmente presa a credere che fosse Andrea che non hai visto come ci siamo guardati appena conosciuti, oppure di come mi ha accarezzato il braccio mentre eravamo sul gommone; per non parlare di stasera, non siamo mai stati lontani l'uno dall'altra se non quando ci siamo buttate in acqua.»

Rimango in silenzio; è vero, ero talmente convinta che fosse Andrea che non ho visto nient'altro, ma com'è possibile?

«Adesso che ti sei rilassata, mi vuoi dire com'è andata con il belloccio?»

Le lancio il cuscino sulla testa mentre le faccio il solletico. Passiamo i successivi venti minuti a ridere senza riuscire a fermarci, mentre le racconto la scena del reggiseno, e quando esce dalla tenda mi sento di nuovo in pace col mondo, o almeno in parte, un leggero senso di colpa nei confronti di Marco continuo ad averlo. Mi rigiro nel sacco a pelo; peccato che non posso neanche scrivergli un sms; appena torno devo assolutamente comprarmi un cell nuovo, non posso vivere senza.

«Allora?» chiedo a Marta la mattina dopo, mentre siamo stese sulla sabbia bagnata. Muoio dalla curiosità.

Lei chiude gli occhi e sorride.

«Oh, Vale, è stata una serata megagalattica! Mmh... penso di essere cotta a puntino, non capisco più niente quando sono con lui. Ieri siamo rimasti fino all'una in spiaggia a guardare le stelle.» Beata lei, io a quell'ora vado sempre in bagno. «Lo sai cosa mi piace da morire di lui?»

«Che cosa?»

«Tutto!!!» risponde ridendo mentre poggia la testa sulla sabbia bagnata.

Come se gli avessero fischiato le orecchie, ci appare Giacomo.

«Ciao, ragazze, come state?» chiede ma gli occhi sono solo per Marta.

Lei abbassa lo sguardo imbarazzata e arrossisce leggermente. Sbircio Giacomo di nascosto, certo non riesco proprio a vederli insieme; a lei pensavo piacessero i ragazzi carini, lui invece ha quell'aria così svagata, i capelli spettinati, e poi porta anche gli occhiali! Certo, quando sorride si trasforma, gli si formano delle piccole fossette ai lati della bocca e appaiono quei denti così perfetti, così bianchi. Lui ora le sta togliendo una ciocca di capelli che le copre il viso e lei socchiude gli occhi mentre le labbra si increspano in un leggero sorriso soddisfatto.

Sentendomi di troppo mi alzo e vado a fare una passeggiata lungo la spiaggia. Il mio pensiero va a Marco, tra poche ore sarò finalmente tra le sue braccia.

Guardo l'orologio ogni istante e conto i minuti che mi separano da lui; adesso sono le sette e sta scendendo dal treno, vedo la madre che lo sta aspettando e alza un braccio in segno di saluto, riesco a immaginarlo. Si avvicina a lei quasi correndo, mentre le sorride. I capelli gli si scompigliano mentre cerca di metterseli dietro le orecchie.

Sorrido mentre liscio la gonna che ho messo per l'occasione. Sette e dieci, mi pettino ancora i capelli anche se non ce n'è bisogno. Penso a qualcosa per tenermi occupata, non voglio farmi trovare così senza fare niente; quindi tiro fuori il libro che sto leggendo in questi giorni, mi siedo vicino al tavolo e lo apro. S'intitola *Alicia e il cuore smarrito,* mi piace molto perché è un romanzo che intriga, una storia d'amore che prende il cuore, sexy e... piccante! Ma oggi non c'è niente da fare, le parole corrono veloci senza che ne capisca il senso; ritorno ogni minuto indietro, ma niente, non ci riesco. Sono emozionata e mi tremano anche un po' le mani. Mi sono messa in modo da poter vedere il vialetto d'arrivo. Marta è ancora in spiaggia con Giacomo e io sono andata via presto anche per evitare Andrea. Già, Andrea, scaccio via quel pensiero molesto; ho fatto giurare a Marta di non dire niente a Marco e da parte mia ho deciso di rimuovere completamente quell'episodio; è stato solo un errore, io amo Marco e il resto non conta.

Finalmente lo vedo arrivare, con il suo piccolo zaino sulle spalle. Cammina parlando con la madre, stringendola affettuosamente.

Il cielo si rasserena in un istante, il cuore parte al galoppo e sento le orecchie fischiare; non sto nella pelle, vorrei alzarmi, saltare dalla sedia e corrergli incontro buttandogli le braccia al collo. Ma non posso, c'è la madre e poi tutta la gente qui intorno, pensa che vergogna. Ma il sorriso tradisce la mia calma apparente.

«Eccoci qua» dice la madre appena mi raggiungono.

Io e lui ci guardiamo per una frazione di secondo.

«Ciao.»

«Ciao, com'è andato il viaggio?» chiedo, non sapendo cos'altro dire.

«Bene, Marta dov'è?» risponde anche lui visibilmente imbarazzato.

«Ancora in spiaggia, tra poco arriva.»

Fino a questo momento non ci ho pensato... ma Marco dove dorme?

Come se mi avesse letto nel pensiero, lui poggia il suo zaino a terra, entra nella tenda della madre per uscire subito dopo con un sacchetto. Dopo due minuti mette il suo piccolo igloo di fronte alle nostre due tende.

«Mi porti a vedere il mare dopo cena?» mi sussurra mentre gli do una mano a mettere dentro lo zaino e il sacco a pelo.

Sorrido emozionata e annuisco.

«Okay, allora ti aspetto all'ingresso dei bagni verso le nove.» Ma cos'è, a tutti i ragazzi piace andare ai bagni?

«Sono felice che tu sia qui.»

«Anch'io.» E ci diamo un bacio furtivo.

Camminiamo mano nella mano mentre i piedi affondano nella sabbia ancora calda.

«Finalmente, non ce la facevo più a starti lontano» mi dice mentre la sua mano stringe forte la mia.

«A chi lo dici, è stata una sofferenza non poterti toccare durante tutta la cena» rispondo sentendo il calore delle sue dita che s'intrecciano alle mie. Ci sediamo guardando il mare, tutto intorno il buio ci avvolge, ed è come se ci fossimo solo io e lui; non una voce, non un rumore, solo Marco e Vale.

Lui, seduto dietro di me, mi stringe forte mentre appoggia la testa sulla mia spalla. Mi sento finalmente a casa adesso che è qui con me; solo ora capisco quanto mi sia mancato.

Rimaniamo così abbracciati, cullati dal rumore del mare. Lui comincia a baciarmi un orecchio e mille piccoli brividi mi fanno fremere. Adesso siamo uno di fronte all'altra; guardo i suoi occhi, che alla luce della luna mandano bagliori argentei.

Come ho potuto per un momento dimenticare tutto questo? Come?

Lo bacio dappertutto, sugli occhi, sul naso, sulla fronte; poi il collo, le orecchie, le labbra. Odora di pino e caramella mou; la sua lingua mi cerca e io mi lascio andare chiudendo gli occhi. Sono così felice;

mi stringo ancora di più a lui e infilo la mano sotto la maglietta. Lui se la sfila e io gli bacio il petto. Apro gli occhi per accertarmi che non è un sogno, che lui è reale; mi sento come se venissi sollevata e fatta girare come una palla; come se fossi al luna park. Le sue mani mi accarezzano la schiena mentre le nostre bocche si continuano a cercare, insaziabili.

«Non sai quanto sono contento di stare qui con te. Ti ho pensato talmente tanto in questi giorni che contavo le ore che mi separavano da te. Sei la cosa più bella che mi sia capitata. Mi piace tutto di te, il tuo sorriso, i tuoi occhi, la tua bocca; e poi amo il modo in cui muovi le mani, come spalanchi gli occhi ogni volta che vedi qualcosa che ti piace, come arricci il naso. Mi piace tutto di te, pensa, addirittura i piedi.»

Me li guardo.

«Perché, cos'hanno i miei piedi?»

«Be', non si può dire che siano carini.»

Rido divertita. Poi divento improvvisamente seria e lo guardo.

«Non voglio smettere di amarti mai» gli dico in un soffio.

«Anch'io» risponde guardandomi negli occhi.

E tutto torna a essere come prima.

Una piacevole scoperta

Cammino veloce, ma il vento mi rallenta. Ottobre è un mese che non dice niente, né carne né pesce; e poi non sai mai come vestirti, o forse sarà perché amo le stagioni calde e assolate e invece è l'inverno che si avvicina.

Oggi non ho preso il motorino per andare a scuola, il vento mi fa sbandare... o sono io che non so guidare bene?

Da settimane ormai sono su di giri, il prossimo mese nasce finalmente la mia sorellina. Mia madre comincia a essere molto nervosa e ha una pancia enorme; fa fatica a salire le scale o a portare la spesa. Io e mio padre proviamo a darle una mano, ma non sembra che la cosa la tranquillizzi molto. Per i primi mesi la nuova arrivata dormirà in camera con i miei, poi toccherà a me dividere la stanza con lei. Abbiamo anche deciso il nome, Giulia. A me sarebbe piaciuto di più Martina, ma sono contenta anche così. Sempre più spesso mi ritrovo a spiare mia madre da lontano; le guardo la pancia e penso che è proprio strano immaginare che da lì uscirà una persona vivente, che in questi mesi è vissuta lì dentro, ci ha ascoltato senza poter dire niente e tra un mese finalmente dirà la sua. Giro per casa e non riesco a immaginarla lì con noi; ma la cosa che mi sconvolge di più è che poi da quel momento non saremo più in tre, ma in quattro, per sempre. Non sapendo come partecipare al nuovo evento, ho cominciato a mettere da parte per lei dei giocattoli e delle cose che non uso più; adesso prima di buttare qualcosa penso che forse potrebbero piacere o servire a lei.

'Vi presento mia sorella Giulia.'

'Sì, è appena nata. No, è tanto carina, ogni tanto piange, ma è normale. Spesso rimango con lei a casa a farle compagnia, anche per aiutare i miei. Certo che mi piace avere una sorella così piccola' continuo persa in un dialogo immaginario.

Mentre entro di corsa nel portone della scuola incrocio Sara.

«Ehi, finalmente ti si vede, ma che fine hai fatto?» le chiedo salendo le scale a due a due.

«Sì, hai ragione, scusa, non ho più tempo di fare niente.»

«Tutte scuse: da quando stai con Andrea sei sparita!» le dico un po' risentita.

In effetti è vero, dopo solo una settimana dalla mia festa si è messa con il figlio dell'erborista, quello che le piaceva tanto, e da quel momento io e Marta non riusciamo più a vederla; non capisco proprio perché le persone quando si fidanzano non vedono più gli amici.

Il pensiero va subito a Giò, lei da quando è andata a vivere con il padre ha perfino cambiato scuola; un disastro, perdere due amiche in un colpo solo è dura.

Entro in classe e lascio cadere il mio pesantissimo zaino a terra.

«Sembri distrutta» mi accoglie la voce di Marta.

«E lo sono. Lo sai che odio il vento, mi rende terribilmente nervosa» le rispondo mentre tiro fuori il vocabolario di latino e il libro di storia. «E poi oggi ci sono due materie che non sopporto.»

«Esagerata, storia non ti piace solo perché non vai d'accordo con il prof.»

«E ti sembra poco? Comunque, anche se non fosse per quello, lui riesce a farti addormentare dal primo minuto che inizia a spiegare.»

Mi giro per guardarmi intorno; le solite facce. Anche quest'anno c'è Federica con l'inseparabile Claudia, ma per fortuna per un tacito accordo ci ignoriamo tutte reciprocamente; io e Marta da una parte e loro dall'altra. A proposito delle solite facce, anche Ale e Luca continuano a essere tra noi, si fa per dire; ormai anche con loro non c'è più il minimo rapporto e so, da fonti certe, che Ale continua nel suo voler battere il record nel cambiare ragazza velocemente, e questa cosa mi rincuora molto; almeno non mi sento l'unica che lui ha tradito così spudoratamente. Ma tanto è roba vecchia: mi sembrano passati anni luce da quella storia, e pensare che non è neanche un anno. Sarà forse perché adesso sono innamorata persa di Marco?

Gli unici con cui continuiamo a vederci sono Filippo, quello che piaceva a Giò, e Matteo.

«Allora, come va con Giacomo?» chiedo a Marta a ricreazione.

Eh sì, Marta continua a stare insieme al ragazzo conosciuto al campeggio, e sembra che tra loro le cose vadano a gonfie vele; a parte il fatto che i suoi ancora non lo sanno.

«Sono felicissima. Te l'ho detto che stamattina mi è venuto a prendere in macchina e siamo andati a mangiare una bomba con la crema prima di venire a scuola?»

«Davvero? Certo ne potevi portare una anche a me!» le rispondo ridendo.

«E infatti te l'ho portata, ma alla nutella» e tira fuori dallo zaino un sacchetto.

«Oddio, Marta, ma io scherzavo. Grazie, che pensiero carino.» E le butto le braccia al collo mentre lo prendo.

Sono felice per lei, si vede proprio che sta bene con Giacomo. Certo, non riusciamo a vederci come prima e neanche a pensare di uscire in quattro, lui e Marco non si prendono molto; anche se ho il sospetto che sia solo un atteggiamento protettivo del fratello verso Marta a far sì che non vadano d'accordo. C'è da dire che anche io non faccio niente per stimolare le uscite, ci sono troppi elementi che ci separano. Forse perché Giacomo già lavora e noi andiamo ancora a scuola, o forse perché lui ha molti più soldi da spendere, per via del lavoro, mentre noi siamo sempre senza un soldo.

Capisco che può essere affascinante stare con un ragazzo più grande, ma io non potrei, sentirei il rapporto squilibrato. Lui ha già fatto tutto quello che tu devi ancora fare, non c'è gusto; non sarei a mio agio.

Per Marta la differenza di età ha i suoi vantaggi e uno dei tanti, si diverte sempre a dirmi, è che eviterà il disastro della prima volta: penserà a tutto lui. Forse ha ragione lei, non lo so; io in ogni modo sono contenta di stare con Marco che ha solo un anno più di me, così possiamo condividere le stesse esperienze e paure... Mi sorge un dubbio, ma Marco è già andato a letto con qualcuna?

Sabato pomeriggio, sono a fare compere con mia

madre. Dobbiamo fare degli acquisti per Giulia; tipo la carrozzina, che per scaramanzia pare non si possa comprare troppo in anticipo. Entriamo in un negozio e rimango estasiata dai vestiti e vari oggetti colorati; per non parlare dei ciucci, dei biberon con buffi pupazzetti stampati. Piccole api colorate con carillon incorporato, camiciole, cappellini con le orecchie da orso; sembra di stare in un negozio di giocattoli. Usciamo da lì un'ora dopo, stravolte e con due buste stracolme. Per fortuna la carrozzina ce la consegneranno direttamente a casa, altrimenti avremmo dovuto chiamare i rinforzi.

A casa mio padre ci viene incontro, e mentre saliamo le scale poggia un braccio su quello di mia madre con fare protettivo; ma lei si scosta borbottando di potercela fare da sola, anche se sotto sotto capisco che è contenta delle sue premure. Per una frazione di secondo mi sento messa da parte; ma è solo un attimo, poi mio padre mi guarda e sorride.

Entro in camera mia e chiamo Marta.

«Che stai facendo?» le chiedo.

«Mi sto preparando, tra poco esco con Giacomo; anche se ai miei ho detto che vengo al cinema con te.»

«Siamo alle solite, Marta, questa storia non può durare. Perché non glielo dici? Cosa vuoi che ti succeda?»

«E se poi mi vietano di vederlo?»

«Ma figurati, appena lo conosceranno saranno felici di sapere che esci con un ragazzo così carino.»

«Non ci penso proprio a farglielo conoscere. Figurati, così Giacomo si dà a gambe levate.»

«Esagerata, ti vuoi complicare la vita. Rilassati.»

«Forse hai ragione; sono agitata perché è la prima volta che mi piace veramente un ragazzo e non voglio perderlo. Chissà cosa potrebbe pensare lui.»

«Ma di che parli? Stai diventando paranoica. Lui che pensa, loro cosa direbbero. Sembra quasi che stai facendo qualcosa di male.»

Silenzio.

«Ci sei ancora?» continuo.

«Sì, sì, ci sono. Va bene, provo a non farmi prendere dall'ansia.»

Parliamo ancora un po' e poi ci salutiamo. Attacco, mi butto sul letto e accendo lo stereo. La musica di Beyoncé mi travolge dalle prime note e così comincio a cantare a squarciagola, conoscendo a memoria tutta la canzone:

Yes! It's so crazy right now!
Most incredibly, it's ya girl B
It's ya boy, Young

You ready
Uh oh, uh oh, uh oh, oh no no...

Non contenta, scendo dal letto e mi metto a ballare in mezzo alla stanza; passo così una buona mezz'ora, finché non squilla il cell.

«Giò, come sono contenta di sentirti, pensa che proprio l'altro giorno ti ho pensata. Come stai? Cosa combini, dove sei?»

Lei ride con quella sua risata così contagiosa: solo a sentire quel suono mi si apre il cuore.

«Sono a casa. Stavo pensando di venire da quelle parti a fare un giro, ti va? Oppure hai da fare con Marco?»

Mi mordo la lingua, in effetti tra mezz'ora dovrebbe passare, ma sono così contenta di sentirla che non so proprio che fare.

«Perché non vieni anche tu? Potremmo andare tutti e tre da qualche parte; non ti andrebbe un cinema?»

«No, non fa niente, lo sapevo che era difficile che fossi libera; magari sarà per un'altra volta.»

«Allora facciamo domani? Vieni qui a pranzo e poi stiamo insieme tutto il pomeriggio, che ne dici? Lo dico anche a Marta e Sara.»

«Sarebbe fantastico, come ai vecchi tempi!»

«Come ai vecchi tempi, ci puoi giurare!»

«Aspetta, chiedo a mio padre se per lui va bene» e sparisce per tornare subito dopo. «Va bene, allora. A domani verso l'una?»

«Ti aspetto. Non vedo l'ora di abbracciarti.»

«Anche io. Baci baci.»

Riattacco felice. Arrivo in bagno correndo come un fulmine e mi butto sotto la doccia bollente. I capelli non li lavo, non ho tempo, e poi non sono così sporchi. Esco dal bagno venti minuti dopo e incrocio mia madre.

«Domani ho invitato a pranzo Giò, e forse anche Marta e Sara.»

«Ma siamo dalla mia amica Antonella e il marito.»

«Ti prego, mamma, posso non venire? Lo sai che Giò non la vedo più da quando si è trasferita dal padre. Voi andate, preparerò io qualcosa per loro.»

Lei rimane un po' indecisa.

«Mamma, non ti preoccupare per noi; ormai siamo grandi abbastanza per pranzare da sole.»

«Okay, però non fate danni.»

Forse fa bene a preoccuparsi, e penso al giorno della mia festa, quando sono cadute le caraffe di succo sul terrazzo, colando al piano di sotto e l'inquilino urlava come un ossesso.

«Promesso.»

La bacio sulla guancia e fuggo in camera a vestirmi.

Dopo dieci minuti sono già tra le sue braccia.

«Dove andiamo?» gli chiedo.

«I miei sono fuori, che ne dici se saliamo da me per un'oretta?» mi risponde con sguardo innocente.

Accetto senza pensarci due volte e così facciamo le scale di corsa per arrivare con il fiatone davanti alla sua porta. Non mi lascia il tempo di riprendermi che mi bacia con foga. Rido divertita.

«Non respiro, aspetta Marco, aspetta.»

«Non posso, non posso, non riesco a starti lontano.»

«Ma qui possono vederci tutti» continuo, non riuscendo a rimanere seria.

«Sì, tutti ci devono vedere. Voglio che tutti sappiano che TI AMO ALLA FOLLIA!» urla come un pazzo. L'eco rimbomba per le scale.

Terrorizzata, gli tappo la bocca con la mano, gli prendo le chiavi di mano e apro la porta.

«Tu sei tutto matto» gli dico continuando a ridere e lo tiro dentro con me.

«Sì, è vero, mi hai fatto perdere la testa; è tutta colpa tua» mi dice con gli occhi febbricitanti.

Mi giro per allontanarmi, ma lui afferra il mio braccio e mi avvicina a sé.

«Promettimi che non mi lascerai mai, prometti.»

«Lo sai che...»

«Prometti.»

Mi diverto a stuzzicarlo un po', e tra una risata e l'altra mi lascio andare all'indietro; ma lui in quel momento lascia la presa e mi ritrovo a terra assieme a lui. Mamma mia, che botta! Adesso alle lacrime per le risate si è aggiunto un dolore feroce al sedere.

«Oddio che male, mi verrà sicuramente un livido, ed è tutta colpa tua» dico fingendomi risentita.

Provo a tirarmi su, ma lui mi blocca a terra.

«Non mi hai risposto.»

Respiro a fondo.

«Okay, prometto, anche perché sono convinta che sarai tu a lasciarmi.»

«Ma che dici?»

«Ti stancherai di me, me lo sento.»

«Non dire stupidaggini.»

«Scommetti?»

«Dài, ci sto. Cosa scommettiamo?»

Rimango in silenzio a pensare.

«Se vinco io, e cioè se tu mi lascerai, mi ridarai indietro tutti i baci che ti avrò dato fino a quel momento.»

«Mmh, mi piace questa cosa, anche se non mi sembra molto sensata. Se invece vinco io, vuol dire che non ci lasceremo mai e rimarrai legata a me per il resto della tua vita!»

«Esagerato, detta così sembra quasi una punizione! Non lo so se accetto.»

Lui mugugna qualcosa, ma poi mi lascia andare. Finalmente riesco a liberarmi della giacca, stavo cominciando a sudare.

Ci sediamo sul divano a chiacchierare. Mi racconta che gli allenamenti di pallanuoto si stanno facendo sempre più pesanti, in previsione di alcune gare che dovranno fare a novembre; e tra questo e la scuola non ha più tempo per vedere nessuno.

«Neanche me?» chiedo continuando a giocare.

«Neanche te.»

Divento improvvisamente seria.

«Non ti azzardare, hai capito?» E gli lancio un cuscino sulla testa, ma lui ridendo lo blocca in aria e mi spinge sul divano.

«Va bene, il tempo per te lo trovo, ma a un patto.»

«Io non faccio patti» rispondo bellicosa.

«Allora niente tempo per te.»

Cedo subito senza vergogna. «Di che patto si tratta?»

Mi si butta addosso «Che ogni volta che mi vedi mi riempi di baci.»

Rido mentre lo stringo a me.

«Tipo così?» e lo bacio sulla fronte.

E scuote la testa in modo negativo.

«Così?» e lo bacio sul naso.

Lui rimane in silenzio ma storce il naso.

«Allora così» e lo bacio sulla bocca.

Sento il suo respiro accelerare, così mi faccio più audace e infilo la lingua nella sua bocca. Lui rimane immobile con gli occhi chiusi. La lingua continua a muoversi e a cercare la sua. Mille campanelle cominciano a suonare e mi stringo ancora di più per fargli sentire quanto mi piace. Sento la testa leggerissima; è come se qualcuno mi avesse lanciano da un precipizio senza paracadute. Il fiato mi si accorcia e il cuore corre più veloce del vento, sento le orecchie fischiare come se un uragano mi stesse spazzando via. Per un secondo Marco si allontana dalle mie labbra e io mi sento abbandonata, ma è solo un attimo; lui è di nuovo con me, insieme a me. Lo sento, stiamo correndo, volando e nuotando insieme. I nostri respiri si confondono e io mi sento travolgere dal nostro odore, che si è fatto più forte e intenso. Adesso sono io che mi allontano leggermente da lui. È troppo, penso spaventata; è una sensazione sconosciuta, mi fa stare quasi male. Mi allontano ancora di più.

«Che succede?» mi sussurra.

Lo guardo e scompare ogni dubbio.

Lui cerca ancora le mie labbra, mi stringe e accarezza la schiena; sento che è su di giri e la cosa mi piace e mi diverte. Non riuscendo a resistere lo tocco proprio lì e lo sento eccitato. Lui si irrigidisce.

Tolgo la mano, imbarazzata.

«Scusa, non volevo che la togliessi; mi piace che mi tocchi, ma ho paura di non riuscire a controllarmi» mi risponde imbarazzato. Ridacchio, non sapendo bene cosa fare.

Lui delicatamente mi riprende la mano e se la poggia sui jeans. Comincio a toccarlo e a stringerlo sui pantaloni e vedo che lui asseconda il mio movimento. Per fortuna non abbiamo acceso la luce, penso sollevata. Continuo a muovere la mano, adesso con maggior insistenza, finché lui si slaccia i pantaloni; ma non fa in tempo ad aprirli che sento il suo respiro farsi più veloce, e subito dopo mi accorgo che è bagnato. Arrossisco fino alla radice dei capelli. Dunque è così che succede? Rimango immobile senza avere il coraggio di dire o fare qualcosa. Poi, cercando di essere il più silenziosa possibile, tolgo la mano.

Lui si tira su a sedere, è imbarazzato quanto me. «Scusami, vado un momento in bagno.» E sparisce inghiottito dall'oscurità.

Silenzio, buio, rumore dell'acqua che scorre in bagno. Mi alzo, accendo lo stereo e una piccola lampada. Mi aggiusto i capelli davanti allo specchio e risistemo la maglia che mi si è tutta attorcigliata. Vorrei mandare un sms a Marta, ma resisto. Mi ritrovo sorpresa a pensare che non mi è dispiaciuto per niente quanto appena successo. L'ho fatto per lui, è normale, e poi non mi ha dato fastidio. Certo, non posso dire neanche che mi sia piaciuto, ma d'altronde cosa dovevo sentire io?

Lo scricchiolio del pavimento mi avverte che Marco è dietro di me. Mi giro e vedo i suoi occhi azzurri che mi guardano intensamente.

«Senti...»

«Shh. Non dire niente, non c'è n'è bisogno. Sono

contenta che sia successo; così adesso abbiamo aggiunto qualcosa di più al nostro rapporto; e poi era ora che conoscessi anche...» lascio la frase in sospeso ma lo guardo in modo allusivo. «Anzi, forse dovremmo chiedergli se è stato contento di fare la mia conoscenza» continuo ridacchiando, nel tentativo di sembrare disinvolta.

Lui mi abbraccia forte. «Contento? È stato felicissimo, era da tanto che insisteva per vederti, anche se lui preferisce gli incontri ravvicinati.»

Gli tocco appena i capelli. «Adesso non ti allargare; che fai, rilanci subito?»

E lo trascino in cucina; tutte queste novità mi hanno messo un appetito pazzesco!

Il sonno traditore

Ravioli di ricotta al sugo.
Hamburger e patatine fritte.
Torta al cioccolato.

Quando mi ci metto sono proprio brava!!!

Bugia, il sugo me l'ha preparato mio padre stamattina mentre io ancora poltrivo a letto. La torta al cioccolato l'ha portata Sara e gli hamburger e le patatine alla fine non li abbiamo cucinati. Ci siamo sparate i ravioli e poi ci siamo lanciate sulla torta.

Ora siamo tutte e quattro in salone, satolle e soddisfatte; io e Marta sul tappeto di fronte al divano dove sono sedute, o meglio dire sdraiate, Sara e Giò.

«Non mi pare vero che siamo di nuovo tutte insieme» dice Giò.

«Hai ragione, sembra di tornare indietro nel tempo» risponde Marta.

«Dovremmo farlo più spesso.»

«Senti chi parla, proprio tu che sei la prima che non si fa mai sentire» replico a Sara.

«Chi comincia? Voglio essere aggiornata sulle vostre storie» chiede Giò.

Anche se riluttante, inizia Marta.

«Non mi sembra possibile, Marta innamorata. Questa sì che è una grossa novità.»

«Ma che ci hai fatto?»

«Un po' di cose» risponde vaga.

«Racconta. Numero uno, come bacia?»

«Questa la so io, l'abbiamo soprannominato l'uomo centrifuga» dico tutto d'un fiato.

Sara e Giò ci guardano senza capire.

Marta parte in una descrizione dettagliata del mitico bacio di Giacomo, tra lo sguardo disgustato di Giò e quello meravigliato di Sara.

«E Marco invece cosa fa?» e sento il loro sguardo curioso di tutte rivolgersi verso di me.

Divento rossa come un peperone.

«Ma non lo so precisamente.»

«Bugiarda. Dài, diccelo.»

Guardo di sfuggita Marta e poi torno sulle altre.

«Okay, anche se penso che ci sono delle cose che dovrebbero rimanere intime.»

«Smettila. Adesso fai anche la timida!!!»

Vedo Marta dire una cosa all'orecchio di Giò.

«Hai capito la nostra santarellina; adesso si scoprono anche gli altarini. Ma bacia meglio Marco o Andrea?»

Lancio il cuscino addosso a Marta.

«Brutta traditrice, avevi giurato di non dirlo a nessuno. Uffa, non vale!»

Ma ormai si sono tutte coalizzate contro di me e così alla fine mi rassegno e cedo.

«Diciamo che non ho molta esperienza per fare dei paragoni, comunque Marco bacia bene... noi... be', ecco, la usiamo... insomma la muoviamo molto.»

Si alzano facendo la ola. Sono completamente andate.

«Per fortuna, pensa se rimanevate fermi come due stoccafissi.»

Le risate ormai sono contagiose, sono diventate isteriche; sembriamo quattro galline.

Rilassata, continuo: «Però anche quello di Andrea non è stato affatto male.»

«E vai, sì, Vale, vai, lasciati andare. Racconta racconta...»

«Il suo bacio è stato molto aggressivo, prepotente ma eccitante. Mi sono come sentita risucchiata da...»

«Una forza oscura,» finiscono le altre in coro «neanche fossi ne *Il Signore degli Anelli*».

«Sì, brave, prendetemi in giro. Intanto per quello che ho provato mi sono sentita in colpa per mesi nei confronti di Marco. Ancora adesso il senso di colpa mi perseguita.»

«Ma dài, in fondo te l'ha strappato il bacio... o no?» interviene Marta per sdrammatizzare.

Io mugugno qualcosa, e per mascherare il disagio sempre più crescente cambio argomento.

«Giò, però non vale, ci hai fatto parlare tutte e tu non hai raccontato ancora niente.»

Lei è così: ti sprona, ma di sé dice sempre poco.

Dopo un attimo di titubanza ci confessa che sta vedendo un suo nuovo compagno di classe. Si chiama Simone ed è molto carino. È contenta perché lui la cerca sempre, le manda messaggi e poi pare che a lui piacciano molto le sue, diciamo così, 'rotondità', specialmente quelle della parte alta, cioè le tette. Tipico dei maschi, penso, ma non lo dico a voce alta. Si vedono quasi tutti i giorni, anche se è da poco che si frequentano, circa un paio di settimane. Ma Giò è raggiante, finalmente anche lei si sente come le altre, può dire di avere un ragazzo.

«C'è un solo neo.»

«E cioè?» chiediamo.

«Diciamo che è un po' fissato.»

«...»

«Insomma, appena stiamo da soli, mi vuole toccare dappertutto e poi mi fa continuamente foto con il cellulare.»

Ridacchiamo.

«Te le fa perché gli piaci tanto.»

«Sì, ma mi sento sempre osservata. Lo sapete quanto mi vergogno.»

«Vabbè, ma mica ti fa delle foto in pose strane, no?»

«Certo che no, ci mancherebbe. Però sento che è fissato con il sesso.»

«Come tutti i ragazzi» risponde Sara.

«Forse è vero, sarà che io non sono molto pratica. Ma sono proprio contenta, mi piace così tanto...»

Il pomeriggio trascorre in un baleno e arriviamo alle otto senza rendercene conto.

Io e Marta, una volta rimaste sole, commentiamo la serata. Abbiamo trovato Giò in ottima forma; Sara invece è sempre uguale, precisa e seria. Mi alzo per andare in cucina a prendere da bere e quando torno trovo Marta seduta a gambe incrociate; la sua espressione corrucciata mi preannuncia qualche discorso serio.

«Pensi che sia normale se vado a letto con Giacomo?»

Cavolo se serio, serissimo.

«Non saprei dire. Forse aspetterei un po', no?»

«Lui sta cominciando a essere insistente. In fondo ha diciannove anni.»

«E tu ne hai quindici, può anche avere pazienza; che fretta c'è?»

«Non lo so, da un lato sono tentata, ma dall'altro non vorrei fare una stupidaggine.»

«Per me devi seguire il tuo istinto. Se ti senti pronta, fallo, anche se penso che non dovresti bruciare le tappe. Che fretta c'è a diventare per forza grandi?»

«Ma non penso che andare a letto con un ragazzo ti faccia diventare grande.»

«Secondo me quella è la percezione. Se non ci vai sei ancora una ragazzina.»

«Tu e Marco non pensate di farlo?»

Le racconto l'episodio di sabato e aggiungo che ancora non mi sento pronta, forse è per questo che Marco non ci prova. Ci sentiamo ancora ragazzini tutti e due... chissà!?

«Senti, ma secondo te Marco l'ha già fatto?» chiedo a Marta.

«Non ne sono sicura, ma penso proprio di sì; per un periodo, prima di Federica è stata con una ragazza più grande di un paio di anni.»

«Ma dài, veramente?»

Certo, non l'avrei detto; non che non ci sappia fare, ma è sempre così impacciato. Basta che io faccia la minima resistenza e lui si blocca subito, come se fosse terrorizzato; ma forse è quel suo carattere così preciso. A volte penso che forse, se fosse più insistente, più audace... chissà! Ma cosa sto pensando, a me lui piace proprio perché non ne è così fissato come gli altri ragazzi.

Marta prima di salutarmi mi chiede se voglio andare con lei e la zia Mapi al teatro dell'opera a vedere *La Traviata* mercoledì sera e io accetto volentieri; è tanto che volevo passare a trovarla, dall'inizio della scuola.

L'unica volta che sono andata all'opera è stato alle medie; l'insegnante di italiano aveva organizzato una serata d'accordo con i nostri genitori, ma praticamente è come se non ci fossi mai andata.

La zia Mapi ci passa a prendere sotto casa di Marta alle sette, insieme a una sua amica, una certa Eugenia. Da come parlano si capisce che sono vecchie amiche e infatti dopo poco scopro che lo sono addirittura dal liceo. La zia è sempre uguale, non è cambiata di una virgola; sempre vivace e spumeggiante, e tanto per non smentire la sua fama parte a raffica con racconti e particolari piccanti. Eugenia, che conosce tutti i protagonisti delle storie, le dà man forte, mentre io e Marta ci divertiamo da morire ad ascoltarle. L'argomento più scottante è una strana vicenda successa a un'altra loro amica. Lei, dopo venticinque anni di matrimonio, ha deciso di lasciare il marito per andare a vivere con un collega francese conosciuto in ufficio; ma la cosa che le sta facendo discutere animatamente non è il fatto che abbia lasciato quel poveraccio del marito, che a quanto pare sembra distrutto, ma la decisione di trasferirsi a Parigi con il nuovo compagno.

«Insomma, Mapi, devi ammettere che è una scelta azzardata andarsene da tutto e tutti per seguire un amore che non sai quanto può durare, e poi figuriamoci, alla nostra età.»

«La solita pessimista. Non è un problema di età; non sai mai quanto può durare una storia d'amore; se il cuore le diceva questo ha fatto la scelta giusta. Qui era infelice e con il marito non andava d'accordo da anni ormai.»

«Non lo so, io andrei nel pallone.»

«Perché tu sei una fifona!» ridacchia la zia prendendola in giro.

«E voi, ragazze, cosa fareste se incontraste un ragazzo che vi fa perdere la testa completamente: andreste via da Roma per seguirlo?»

Noi due ci guardiamo.

Marta non ci pensa due volte.

«Assolutamente sì, sarebbe così elettrizzante. Pensa, Vale, una città nuova, gente diversa; nessuno che ti conosce. E poi, poter fare come ti pare, nessuno che ti controlla, che ti dice cosa devi o non devi fare. Sì, sì, io partirei anche domani.»

«E lasceresti tutti gli amici senza rimpianti?» le chiedo.

Lei ride e mi abbraccia.

«Ma tu verresti con me, no?»

«È inutile che mi prendi in giro; lo so che tu lo faresti davvero. Io sarei tentata, ma non ora, non in questo momento della mia vita. Mi piace stare qui, ho tutto il mio mondo, i miei genitori, gli amici, la mia sorellina che sta arrivando. Certo sarebbe orrendo dover rinunciare a un grande amore, ma penso che se lasciassi tutto soffrirei troppo di solitudine, di abbandono. Mi piace girare, vedere posti nuovi, ma poi ogni volta sono contenta di tornare a casa.» Da Marco, penso senza dirlo ad alta voce.

Già, ma se fosse proprio lui a chiedermelo? Scaccio via quel pensiero, già solo l'idea mi mette a disagio. Marco non se ne andrebbe mai via da Roma, penso per tranquillizzarmi.

Intanto siamo finalmente arrivate a teatro; il tragitto mi è sembrato eterno, o forse la zia, distratta dalle chiacchiere, ha sbagliato strada più volte?

Appena varchiamo la soglia del teatro, la prima impressione è di un pubblico composto prevalentemente da anziani. La seconda che si guardano tutti in giro alla ricerca di facce conosciute, sembra vogliano farsi vedere, oppure soffrono di solitudine. La terza che indossano quasi tutti abiti eleganti. Lasciamo i cappotti, saliamo le scale e dopo aver percorso un corridoio arriviamo davanti una porticina e la signorina che ci ha guidato ci fa segno di entrare.

Mi sento catapultata in un film dell'Ottocento. Ci sono quattro sedie, due davanti e due dietro e tutto velluto alle pareti. Io e Marta ci affacciamo a guardare di sotto incuriosite; il palcoscenico si trova più in basso rispetto a noi e leggermente a destra. Ogni palco è diviso da un altro tramite pareti basse, che però ti permettono di osservare il tuo vicino. Un posto per vedere e farsi vedere. Mi immagino quando le famiglie nobili arrivavano con le signore vestite con lunghi abiti drappeggiati, tutte ingioiellate. Entravano, le donne davanti e gli uomini dietro, si sedevano e già lì, prima ancora che il sipario si aprisse, cominciava lo spettacolo. Ecco lì la moglie del marchese, con le due figlie; che sì, oggi è venuto anche il conte con la sua nuova amante. Inchini, sorrisi, lievi battiti di ciglia; promesse accennate, sguardi languidi; invidie, gelosie, cuori infranti. Mi sarebbe piaciuto nascere nell'Ottocento, anche se in fondo non doveva essere una vita molto facile; se penso solo al fatto che la famiglia sceglieva il futuro sposo della figlia, mi sento male; magari ti sceglievano un vecchio bavoso. No, meglio oggi che possiamo sposarci chi ci piace, lavorare e uscire anche con le amiche.

La zia Mapi e l'amica ci lasciano sedere davanti; sulla sedia troviamo un piccolo opuscolo e così cominciamo a sfogliarlo.

La Traviata
di Giuseppe Verdi
Tratto dal romanzo di Alexandre Dumas figlio.

Parigi, metà dell'Ottocento. Durante una festa, la mondana Violetta Valéry conosce Alfredo Germont, che le dichiara tutto il suo amore e lei, durante un ballo, gli regala un fiore, una camelia, con la promessa di rivederlo solo quando il fiore sarà appassito. Dopo qualche tempo Alfredo e Violetta vivono felici in una villa fuori città, quando una sera lei riceve la visita inattesa del padre di Alfredo, Giorgio Germont. Lui l'accusa di condurre il figlio alla miseria e di non potere far sposare l'altra figlia a causa del loro scandaloso legame che compromette la loro reputazione; così lei decide di abbandonare Alfredo che, colto da gelosia, durante una festa la tratta da prostituta. Ma Violetta è molto malata e quando si aggrava ulteriormente il padre di Alfredo decide di rivelare tutto al figlio che accorre al capezzale di Violetta prima che muoia.

Io e Marta ci guardiamo con sguardo eloquente; mamma mia che storia, mi sale un groppo alla gola solo a pensarci.

Per distrarmi alzo la testa verso il soffitto. Quante luci e che lampadari immensi; pensa se adesso ne cade uno e va a finire addosso a quei poveretti che sono in platea. Proprio loro che hanno pagato di più per avere i posti migliori! Sarebbe orrendo; un rumore assordante mentre mille pezzettini di vetro volano via per tutto il teatro. Chissà come fanno a cambiare una lampadina quando si fulmina. E pensare che prima non c'era neanche la luce elettrica; che facevano, accendevano mille candele tutte insieme? Dovevano cambiare le candele ogni ora. Ehi, tu, che lavoro fai? Accendo mille candele tutti i giorni e poi le spengo! Dio, non ci posso credere, pensa che stress e che noia.

Sono persa nei miei pensieri e non mi accorgo che si è spenta la luce e il sipario si è alzato.

Come previsto non capisco niente di quello che cantano; l'opera è incomprensibile. Per fortuna l'opuscolo mi dà una mano a seguire la storia.

Dopo il primo atto scendiamo al bar, poi io e Marta andiamo al bagno.

«Domani andiamo a pranzo da Filippo? Viene anche Matteo; ci hanno invitato.»

«Davvero, come mai?» chiedo.

«Veramente è capitato per caso. Stamattina a ricreazione stavo parlando di andare al cinema nel pomeriggio con Sara, Matteo e Filippo e quest'ultimo ci ha invitati tutti a pranzo a casa sua; tanto i suoi sono fuori. Carino, no?»

«Devo fare ancora i compiti di italiano.»

«Li fai dopo il cinema.»

«Okay. Ma tu con Giacomo, non ti doveva venire a prendere fuori da scuola?»

«Hai ragione, devo avvertirlo domani mattina.»

Rientriamo che la zia e l'amica sono già sedute.

«Ci stavamo preoccupando.»

Le luci si spengono in quel momento e la musica riparte impetuosa.

«Vale... Marta... Ehi ragazze... su, sveglia, lo spettacolo è finito. Che fate, venite con noi o volete rimanere qui a dormire?»

Mi sveglio di soprassalto, seguita da Marta. Arrossisco per l'imbarazzo; che figura, ci siamo addormentate.

«L'opera vi ha talmente entusiasmato che volete fare un abbonamento immagino, giusto?» ridacchia l'amica della zia.

Non sappiamo cosa dire e proviamo a balbettare qualcosa.

«Ci siamo addormentate solo alla fine.»

Loro continuano a sorridere divertite.

«Veramente a metà del secondo atto il nostro vicino si è anche lamentato per il rumore.»

«Ma zia, cosa dici, noi non russiamo!»

«Va bene, non fa niente, vorrà dire che la prossima volta vi porto a teatro, magari lì vi divertite di più.»

Chissà, ma c'è poi così tanta differenza? Lo penso ma non lo dico, per stasera abbiamo fatto già la nostra bella figura!

«Senti, ho detto a Giacomo di non venire perché usciamo un'ora dopo.»

«E perché non gli hai detto la verità?»

«Be', ecco, mentre ero lì al telefono con lui mi sono sentita in colpa. E poi è un tipo geloso.»

«Giacomo è geloso, e di chi?»

«Ma veramente di tutti, si insospettisce subito quando parlo di qualche compagno di scuola. Così ho eliminato il problema e gli ho detto una piccola bugia» conclude Marta.

«Ma non ha senso; non ha nessun motivo di essere geloso» borbotto poco convinta della sua scelta.

All'uscita di scuola Matteo e Filippo ci salutano contenti.

«Ragazze, ci siete, andiamo?»

«Sì ci siamo, ma Sara dov'è?»

«Non viene; ha appena ricevuto una telefonata da casa; ci raggiunge al cinema.»

Ci incamminiamo chiacchierando. Siamo su di giri per questo fuori programma e perché già so che ci divertiremo molto; ormai con loro ci stiamo bene, siamo proprio amici, anche perché non c'è nessuna attrazione da parte di nessuno dei quattro; anche se forse per un periodo, dopo la mia festa, ho pensato che tra Marta e Matteo potesse nascere qualcosa; ma ormai è acqua passata.

Per arrivare alla fermata dell'autobus dobbiamo fare un lungo tratto di strada a piedi. Matteo sta raccontando la figuraccia che ha fatto durante l'interrogazione di inglese. Camminiamo tutti e quattro vicino e ridiamo della descrizione comica che sta facendo Matteo, sostenuta da continue aggiunte di Filippo. Con la coda dell'occhio mi accorgo che una macchina sta rallentando e il guidatore sembra guardare nella nostra direzione.

Abbasso gli occhi all'improvviso e trattengo il fiato. Tiro Marta per un braccio e le sussurro qualcosa all'orecchio; lei gira la testa di scatto e incontra gli occhi di Giacomo che la fissano dalla macchina accanto a noi.

Ci blocchiamo tutti e quattro, mentre sentiamo la tensione di Marta, che è arrossita fina alla radice dei capelli. Giacomo ferma la macchina, gira la chiave e scende sbattendo la portiera. In un attimo Matteo e Filippo sono spariti e io rimango indecisa sul da farsi; Marta continua a fissare Giacomo senza dire niente. Lui avanza con sguardo tranquillo, si avvicina, sorride a tutte e due e saluta.

«Ciao, Giacomo. Marta, io andrei...» e faccio un gesto con la mano indicando la fermata dell'autobus.

«Ti raggiungo tra poco» sussurra.

Scompaio come un fulmine dietro l'angolo e raggiungo quei due fifoni di Filippo e Matteo.

«Complimenti, due leoni, eh?»

«Sì, lo so, siamo stati pessimi, ma hai visto che faccia aveva? E se poi ci picchiava? Lo sai che non siamo molto bravi con le mani» rispondono visibilmente imbarazzati.

«Esagerati, Giacomo non è mica così cattivo, era solo arrabbiato perché Marta gli ha detto una bugia per stare a pranzo con noi.»

«Appunto, vedi, abbiamo fatto bene a darcela a gambe; sono pericolosi i tipi gelosi!»

Scoppio a ridere nonostante la situazione.

«Ho capito, su voi due non si può fare affidamento.»

Dieci minuti dopo vediamo arrivare Marta, di corsa, da sola.

«Allora, andiamo?»

Noi tre la guardiamo stupiti.

«E Otello?» domanda Filippo.

Io e Matteo scoppiamo a ridere.

Lei ci guarda di traverso non riuscendo a trattenere un sorriso divertito.

«Otello niente, se n'è andato. Era solo passato a farmi un saluto» risponde enigmatica.

Senza aggiungere altro saliamo sull'autobus e riprendiamo da dove ci eravamo interrotti.

Ma non è vero, non è tutto a posto. Marta si tormenta una ciocca di capelli mentre parla e ride, ma i suoi occhi dicono altro. Paura, ansia, senso di colpa, dispiacere, frustrazione, o forse un misto di tutte queste cose. Lo so, la conosco troppo bene, vuole fare la dura ma in realtà sono sicura che sarebbe volentieri salita in macchina con Giacomo; ma è chiaro, non voleva dargliela vinta, o forse è lui che non ha voluto. Non resisto e le mando un sms: 'Si è arrabbiato?'

Mi risponde in un nanosecondo. 'No, gli ha solo dato fastidio che gli avessi mentito.'

'E tu che pensi?'

'Non lo so, mi sento in colpa.'

'Perché non lo chiami e non ti fai passare a prendere più tardi?'

'Già fatto, ma ha risposto che non voleva rovinarmi il pomeriggio e se n'è andato.'

Allora si è arrabbiato, sicuro.

La guardo in faccia e intravedo una piccola lacrima scappare via veloce; ma è un attimo, perché un secondo dopo sta già ridendo a una battuta di Matteo.

Non so come faccia a rimanere così calma, io al suo posto l'avrei chiamato un migliaio di volte, e adesso non starei sicuramente qui. Certo, che motivo aveva di mentirgli? In fondo non facciamo niente di male; è anche giusto che uno veda gli amici, specialmente i compagni di scuola.

Intanto siamo arrivati al portone di Filippo; lui abita vicino piazza Mazzini, in una via alberata, al secondo piano. Prima di entrare ci fermiamo all'alimentari sotto casa. Entriamo e rimango abbagliata; c'è un odore di affettati e salumi che potresti rimanere stecchito. Gironzolo qua e là e vengo attratta da un bancone ad angolo; oddio no, non posso crederci; supplì fumanti, crocchette, arancini. C'è la ressa, secondo me è l'odore che ti attrae, non puoi resistere; forse fanno degli studi apposta. Da una finestrella sulla parete spunta una lunga pala di legno che lascia sul bancone una striscia lunga e stretta di pizza con la mozzarella. E va bene, allora ditelo che ci dobbiamo fare del male!!!

Mi giro alla ricerca degli altri e li vedo tutti persi dietro qualche leccornia. Li chiamo con la mano e alla fine ci lasciamo tentare dalla pizza appena sfornata e da quattro supplì; così soddisfatti guadagnamo l'uscita.

«Mi sarei comprato di tutto.»

«A chi lo dici, dei posti così dovrebbero vietarli» risponde Marta.

«Non so come fai tu, Filippo, con un posto del genere proprio sotto casa!» aggiungo io.

«Per me è una tappa fissa quando torno da scuola, prima di salire passo e mi compro un pezzo di focaccia, una crocchetta o un panino con il salame.»

Saliamo a casa che la pizza e i supplì si sono polverizzati.

Per pranzo ci mangiamo una fantastica parmigiana di melanzane, lasciata dalla madre di Filippo.

Verso le tre e mezza ci incontriamo con Sara davanti al cinema Giulio Cesare. Il pomeriggio passa in un baleno; dopo il film crêpe al cioccolato, ancora chiacchiere, e quando arrivo a casa, stravolta, sono ormai le otto e addio compiti di italiano. Vado in camera mia, chiudo la porta e mi butto sul letto stanca ma molto soddisfatta. Chissà quanti chili avrò preso oggi?, mi chiedo, ripromettendomi di mettermi a dieta. Mi arriva un sms di Marco: 'Che fine hai fatto?'

Lo chiamo e gli racconto la giornata; ma sento che c'è qualcosa che non va. In genere mi piace il suono della sua voce, fresca come una cascata, morbida come un cioccolatino, frizzante come una Coca. Ma adesso sembra un altro, la voce è profonda e lugubre. È arrabbiato perché sono due giorni che non ci vediamo e oggi pomeriggio voleva passarlo con me ma non mi sono fatta sentire per tutto il giorno. Provo a calmarlo, ma lui sembra non sentire ragioni. Chiudo gli occhi mentre mi urla all'orecchio.

Silenzio, riapro gli occhi e mi trovo in un bosco. Che diavolo sta succedendo? Che ci faccio in un bosco? 'Marco', provo a chiamare, ma dalla mia bocca non esce alcun suono. Sento l'odore della terra bagnata, ma allora prima stavo sognando? Mi guardo intorno e vedo solo alberi e piante tutt'intorno. Non so che fare, poi alla fine decido e comincio a camminare; le foglie degli alberi mi sfiorano il viso. Ancora silenzio, non si muove niente, solo il mio respiro che uscendo forma un leggero vapore. Ogni tanto mi arriva il rumore di qualche uccello disturbato dalla mia presenza. Adesso avanzo spedita, come se avessi una meta precisa; seguo un sentiero che di volta in volta sale, poi curva a sinistra, si inerpica su delle rocce e infine scompare improvvisamente alla vista per riapparire più avanti. Non so cosa ci faccio con il mio vestito estivo scollato con le spalline e le scarpe aperte; forse mi sono persa, ma non sono agitata. Cammino e basta; avanzo spedita come se andassi veramente a un appuntamento. Ecco, adesso sento un rumore e il mio respiro si fa più rapido, accelerato. Ora le riconosco, sono voci; mi fermo all'improvviso, mi guardo intorno trattenendo il respiro, adesso sì, lo so perché sono lì, me lo ricordo. Sono andata alla festa di Giacomo e Marta, ho litigato con Marco e così senza pensarci due volte sono uscita e ho cominciato a camminare. Già, ma perché ho litigato con Marco? Non me lo ricordo. Non mi sento così dispiaciuta, quindi non può essere una cosa grave. I rumori intanto si avvicinano sempre di più, adesso sono proprio a un passo dalle voci. Mi nascondo dietro un albero, allungo il collo per vedere meglio, guardo tra le foglie, trattengo il fiato e...

«Vale, Vale, perché non ti spogli e ti metti a letto?»

Apro gli occhi senza capire. Dove sono?

Mio padre mi guarda da vicino.

«Tutto a posto?»

Mi alzo di scatto.

«Che ore sono?» chiedo ancora confusa.

«Le nove. Vieni a mangiare con noi oppure preferisci continuare a dormire?»

Le nove??? Non ci capisco più niente, le nove di quando? E che ci facevo nel bosco? Ma prima che stavo facendo? Dio, Marco, ero al telefono con lui; e poi cosa è successo? Perché non mi ricordo niente?

Ah, sì, stava parlando; era arrabbiato con me e poi, poi... cavolo, devo essermi addormentata.

Ma com'è potuto succedere? Cerco disperatamente il cellulare, ma non lo trovo. Dio, non ci posso credere che ho fatto una cosa simile; mi sono addormentata mentre parlavo con lui. Mi butto per terra disperata.

«Vale, ma che stai facendo, che ti prende?» chiede mio padre perplesso.

«Papà, non ti rendi conto di quello che ho fatto, mi sono addormentata mentre ero al telefono con Marco. Capisci?»

Lui prova a rimanere serio ma non ci riesce.

«Dài, che vuoi che sia. Significa che non ti stava dicendo niente di interessante» prova a scherzare. E mi accorgo che fa di tutto per non scoppiare a ridere.

«Non è per niente divertente. E ora che gli dico?»

«La verità!»

«Ma scherzi?»

Alla fine trovo il cell, sepolto dal piumino. Lo guardo e rabbrividisco; cinque chiamate e tre messaggi. Non oso leggerli. Poi non resisto e apro il primo: 'Se non hai più voglia di vedermi, dimmelo.'

'Adesso non ti degni neanche di rispondermi?'

'Ma che ti prende?'

Provo a chiamare ma il suo cell è spento. Telefono a casa sua e risponde Marta.

«Vale, come mai chiami a casa?»

Le spiego quello che è successo, angosciata. Lei scoppia a ridere. Ma cosa ci trovano di così esilarante? Per me è una vera sciagura...

«Vale, non ci posso credere, ti sei addormentata mentre parlavi con lui. Dio, questa è troppo divertente; non l'avevo mai sentita» continua imperterrita, tra una risata e l'altra.

«Falla finita e dimmi due cose, una se Marco è lì vicino, due tu cosa gli diresti.»

«Dunque, uno lui non è qui. Due gli direi che ti è morto il cell, non mi sembra così grave.»

«Non poteva essere morto, ho trovato cinque chiamate senza risposta. Come mai è uscito, dov'è andato?»

«Non lo so, aspetta che provo a chiedere.»

Sparisce e ritorna dopo poco.

«Non l'ha detto. Se vuoi gli lascio un messaggio in camera, così ti chiama appena torna.»

La ringrazio e attacco. Aspetto tutta la sera ma notizie di Marco neanche l'ombra. Vado a letto mettendo la sveglia mezz'ora prima; in modo da poterlo incontrare sotto casa prima di andare a scuola.

Ma già alle otto meno venti il suo motorino non c'è più. Citofono a Marta e aspetto che scenda.

«Ti devo dare una brutta notizia,» esordisce «Marco non è tornato a dormire e mia madre mi ha detto che oggi partiva presto per Milano, per via delle gare; torna la prossima settimana.»

Non mi esce neanche una parola. Mi sento morire, come la prossima settimana? Insomma, sì, mi ricordo, aveva detto che doveva partire entro breve, ma non così presto! Cioè non oggi...

Guardo Marta frastornata.

«Non te l'aveva detto che partiva?»

«No, cioè sì, ma un po' di tempo fa; ma non ricordavo che la data fosse così vicina. Non ne abbiamo più parlato e poi... poi ieri sera mi sono addormentata, magari voleva vedermi per salutarmi e io... oddio, io mi sono addormentata. Sono veramente un disastro» dico parlando in modo sconclusionato, quasi in lacrime.

Marta prova a consolarmi, ma senza molto successo.

Per tutta la giornata cerco ripetutamente di mettermi in contatto con lui, ma niente, sempre staccato.

Torno a casa disperata. Devo parlargli, ho bisogno di sentirlo; di sapere che è tutto a posto, di sapere che mi ama ancora.

In vena di confidenze

Marco non mi vuole parlare, sono due giorni che è partito e non si è ancora fatto vivo. Al cellulare non risponde, lo lascia squillare oppure lo spegne addirittura. Sono disperata; gli ho mandato un centinaio di messaggi ma niente, neanche una breve risposta. È proprio arrabbiato. La cosa che mi tormenta di più è non sapere cosa sta succedendo. Mi ha lasciato? Non vuole semplicemente parlare? Forse preferisce aspettare di essere di nuovo a casa per chiarire a voce. Ma questo silenzio mi angoscia; non sapere di che morte devi morire è come un tarlo. Mi affiorano mille dubbi, incertezze. Da un lato penso che sia esagerato; sì, è vero, mi sono addormentata mentre stavamo parlando, ma non l'ho fatto apposta! Già, ma lui non lo sa, anzi, peggio, lui crede che gli abbia chiuso in faccia il telefono mentre parlava. Che situazione imbarazzante; è già la seconda volta che mi addormento in momenti poco opportuni, mi dico, e ripenso alla settimana precedente, a teatro con la zia Mapi.

Sarà lo stress per l'arrivo di Giulia, mia sorella? Dubito, quello al massimo ce l'ha mia madre. Non so che fare e così per distrarmi un po' accendo lo stereo e chiamo Marta.

«Dove sei?» le chiedo subito.

«A spasso con Giacomo, tu novità?»

«Nessuna» rispondo laconica.

«Senti, mi è venuta un'idea. Cosa ne dici se facciamo una pazzia e andiamo a vedere la partita di Marco?»

Il cuore fa un salto.

«Magari; sarebbe bellissimo, ma come facciamo? Andare e tornare in giornata è impensabile, e figuriamoci se i nostri genitori ci permettono di fare un viaggio così lungo da sole e magari dormendo anche fuori.»

«Qualcosa ci verrà in mente; potremmo andare in macchina con Giacomo e per dormire potrei chiedere a mia zia se conosce qualcuno a Milano che può ospitarci; se poi le dico che è per andare a vedere la partita di Marco è praticamente cosa fatta, stravede per lui.»

«Ma dài, non ci ho mai fatto caso» rispondo sorpresa.

«Prova a venire a una cena di famiglia» ridacchia lei.

«Certo che se ci riuscissimo sarebbe fantastico, anche se sabato abbiamo pure scuola.»

«Un giorno potremmo anche non andare; intanto fammi sentire la zia e tu nel frattempo sonda i tuoi. Ovviamente non dirgli di Giacomo, devi inventarti qualcos'altro.»

Riattacco pensierosa mentre il cervello va a ruota libera. Certo che Marta quando ci si mette è proprio diabolica. Con questo viaggio mi fa rivedere Marco e lei passa due giorni tutta sola con Giacomo. Bel colpo, due piccioni con una fava! Mi piacerebbe proprio fare una sorpresa a Marco, così finalmente potrei scusarmi come si deve; magari gli prendo anche un regalo; sì, questa mi sembra proprio una bella idea. Ma se poi lui non mi vuole parlare e si arrabbia vedendomi lì?, penso mordendomi un labbro.

Inutile che corro, non so neanche se riusciamo a organizzare tutto. Devo pensare a cosa dire ai miei. Sicuramente la verità; ma se poi non mi mandano? Lo scoglio è il viaggio, ha ragione Marta.

A cena c'è solo mia madre, papà è rimasto a mangiare fuori per lavoro.

L'aiuto a tagliare le patate mentre le racconto della scuola; lei è di spalle, e mentre la guardo mi viene da pensare che vista così da dietro sembra una della mia età; piccola, capelli castani che le arrivano alle spalle; porta un lungo vestito nero che la fa sembrare più magra, non si capisce neanche che è incinta. Mi piace mia madre: ha lo sguardo vivace e riesce a prendere la vita sempre in modo positivo; certo la mattina è insopportabile, appena alzata non le si può rivolgere la parola per almeno un'ora, ma poi cambia completamente. Te ne accorgi subito, perché comincia a sorridere e a raccontare qualcosa. Ha diverse amiche, quasi tutte conosciute a scuola o all'università; la sento spesso passare ore al telefono parlando sottovoce, come me e Marta. Papà ogni tanto va di nascosto a cercarla, incuriosito dalla sua assenza, e quando la trova le fa dei versacci per attrarre la sua attenzione: lei ride, mentre copre la cornetta per non farsi sentire; insomma sono proprio due ragazzini, e si devono amare moltissimo.

«Vale, ci pensi che tra un mese avrai una sorellina?» mi chiede interrompendo il corso dei miei pensieri.

«Non faccio altro che contare i giorni. Anche se devo ammettere che un po' di ansie ce l'ho.»

«Veramente... tipo?»

Faccio un po' la vaga, ma lei insiste e alla fine cedo e ammetto: «E se poi non mi filate più?» rispondo tra lo scherzoso e il serio.

Lei ride divertita e mi abbraccia.

«Ma che dici, tu sarai sempre al primo posto! Certo, dovrai avere pazienza con Giulia. Lei specialmente all'inizio avrà bisogno delle attenzioni di tutti; devi considerare che i primi mesi sono difficili, bisogna darle da mangiare, cambiarla, farla dormire. Pensa che all'inizio prendono il latte cinque, anche sei volte al giorno.»

«Ma io com'ero appena nata?»

«Bellissima, ma una peste. Piangevi sempre, volevi stare sempre in braccio, dormivi poco e male. Io e tuo padre per tre mesi non abbiamo chiuso occhio. Pensavamo di non farcela.»

Rimango in silenzio ad ascoltarla mentre prendo ancora un pezzo d'arrosto con le patate.

«Prima del tuo arrivo facevamo una vita molto attiva, cene, cinema, palestra, viaggi; praticamente stavamo pochissimo in casa. Poi è cambiato tutto» continua.

«Sembri un po' dispiaciuta.»

«Ma figurati, non tornerei indietro per nessuna cosa al mondo, è che non ci aspettavamo un cambio così repentino della nostra vita.»

«Per questo avete aspettato tanto a farne un altro?»

Mia madre sorride e annuisce, poi mi fa un cenno con la mano.

Chissà se è arrivata per caso oppure l'hanno voluta. Dovrò indagare, prima o poi.

«Vale, sbrigati, vieni a sentire, Giulia è impaziente di conoscerti. Metti la mano qui» e me la poggia sulla pancia tonda e liscia. Sento dei colpi, poi un leggero movimento, forse una mano oppure un piede, ritiro la mia imbarazzata, poi non resisto e la riavvicino; alla fine ci poggio anche l'orecchio.

«Non riesco a immaginare di poter avere qualcuno che si agita in questo modo dentro di me. E poi è così ingombrante, faticoso, per non parlare del parto. Non so come fai a stare così tranquilla, io morirei di paura» le dico continuando a tenere il viso sulla sua pancia.

«Be', un po' di ansia uno ce l'ha, però è così emozionante!»

«Non è che potrei assistere al parto insieme a papà?»

Lei ride di gusto.

«Non penso che sia una cosa così piacevole da vedere. No, meglio che rimanga una sorpresa per quando lo farai tu.»

«Ma passeranno anni luce; e poi non so neanche se li voglio, dei figli.»

«E perché mai?»

«Non lo so, devo fare prima talmente tante cose che quello mi sembra un pensiero lontanissimo» le dico rimettendomi a sedere.

La guardo mentre si alza a fatica; e poi non voglio diventare così grossa. Questo ovviamente non lo dico, ma pensare di trasformare così tanto il mio corpo mi fa impazzire. A mia madre non entra più niente, le si sono gonfiate le gambe e le viene il fiatone dopo pochi passi. Non lo so, non mi sembra giusto dover subire questa trasformazione. Perché a papà non è cambiato niente? Anche a lui sta per nascere una figlia, no? E allora perché la natura ha deciso che solo noi dobbiamo sopportare? Mi sento molto battagliera su questo argomento, una vera femminista!

«Con Marco come va?» mi chiede cambiando discorso, e così le racconto cosa ho combinato con lui.

«Non ti preoccupare, appena torna vi chiarirete, in fondo non hai fatto niente di male; quando gli spiegherai cos'è successo capirà e ci riderete un po' su insieme, non mi sembra un tipo permaloso.»

«Ma io non posso aspettare, devo sentirlo, questo silenzio mi mette un'ansia terribile.»

«Non hai molte alternative, lui è fuori e non ti vuole parlare.»

Colgo la palla al balzo.

«Pensavo di fargli una sorpresa, andando alla gara di sabato» le dico tutto d'un fiato mentre la guardo speranzosa.

«A Milano? Ma che dici!» risponde non prendendomi minimamente sul serio.

«Marta verrebbe con me e andremmo con la macchina di Giacomo, il suo fidanzato.» Troppo tardi, dovevo tenere la bocca chiusa. Infatti il suo sguardo cambia repentinamente.

«E chi è questo Giacomo? Come mai ha già la macchina, quanti anni ha?»

Mi mordo la lingua: ma brava Vale, complimenti, e ora che le rispondi?

«Be', non lo so di preciso, credo diciotto anche se ne dimostra molti di meno; è un ragazzo carinissimo e Marta è pazzamente innamorata di lui.»

Lei mi guarda senza parlare.

«Che c'è, non mi credi?»

«Non voglio giudicare Marta; certo mi sembra un po' troppo grandicello per lei, non pensi?»

Ovviamente sguaino la mia lancia in favore di Marta, le amiche sono amiche!

«Ma che male c'è? L'importante è che sia a posto e che si vogliano bene, non mi avete sempre detto così anche voi?»

«Certo, ma penso che dovresti consigliarle di stare attenta, non ci sarà mica andata a letto?»

«Mamma, smettila di farmi il terzo grado. E poi che domande sono? Pensi che posso venirlo a dire proprio a te?»

«Be', tanto questi argomenti prima o poi bisogna affrontarli. Non è mica proibito! Andare a letto con qualcuno è un gesto d'amore; ma proprio per questo va fatto al momento giusto e con la persona giusta, te l'ho sempre detto. Anche perché si rischia di fare molti più danni di quello che si pensa.» E si batte la mano sul pancione. «L'importante è non avere fretta di volerlo fare per forza. Capisco la curiosità, la richiesta del vostro ragazzo; ma bisogna sentirselo dentro, se è il momento giusto. Non sei d'accordo?»

L'ascolto anche se non riesco a proferire parola; non è facile parlare con la propria madre di certi argomenti.

«E tu quando l'hai fatto la prima volta?»

Lei ridacchia divertita.

«Oddio, lasciamo perdere; tanto, ma tanto tempo fa. Vediamo, avevo sedici anni; all'epoca stavo con un certo Paolo, un ragazzo di diciotto anni conosciuto a scuola. Ancora me lo ricordo, occhi scuri e capelli ricci. Era più alto di me, io gli arrivavo alle spalle; oggi se ci ripenso mi sembra strano che mi piacesse uno così goffo, ma all'epoca la sua svagatezza la trovavo irresistibile. È capitato al mare a casa sua. Era pieno inverno, lui aveva preso la macchina del padre, e dopo aver comprato delle cose da mangiare siamo andati da lui. Faceva un freddo cane e la casa era di una tristezza infinita, ma a noi non ce ne importava niente. Senza mangiare ci siamo buttati sul letto dei suoi genitori e ci siamo messi sotto ad almeno dieci coperte; non potevi lasciare scoperto un piede o una mano, si congelava all'istante.»

Mi piace così tanto quando i miei mi fanno delle confidenze o mi raccontano momenti della loro vita passata, e quando capita rimango in silenzio ad ascoltarli affascinata.

«Ci amavamo alla follia e in quel momento eravamo così felici, non ci importava di niente e di nessuno; per cui andare a letto insieme ci è sembrata la cosa più naturale del mondo, era un dare qualcosa in più all'altro. Non posso dire che il fatto in sé sia stato emozionante, ma tutto il resto è stato fantastico. Diciamo che proprio nel momento cruciale non ci ho capito molto, forse ero troppo concentrata ad aspettare che succedesse qualcosa» conclude ridendo.

«E...»

«Invece non è successo molto e dentro di me ho maledetto tutti i film che avevo visto, i romanzi d'amore che avevo letto. Lo descrivevano come una cosa meravigliosa; ma è stato solo un attimo, poi non me n'è importato più niente, stavamo così tanto bene insieme.»

«E ci sei andata solo una volta?»

«Nooo, siamo rimasti insieme altri sei mesi, poi ci siamo lasciati» e capisco che non vuole aggiungere altro.

«E poi ti sei messa con papà?»

«Ma no. All'epoca andavo ancora a scuola, tuo padre l'ho conosciuto dopo l'università. Dopo Paolo ho avuto altre storie, più o meno lunghe.»

«Tipo?»

«Che importa quante? Diciamo che mi sono divertita un pochino prima di mettermi con tuo padre. E tu con Marco ti trovi bene, ti piace?» risponde tagliando corto.

Entusiasmata dall'intimità che si è creata tra di noi, lascio che i miei pensieri escano fuori liberamente.

«Mi piace? Mamma, mi fa impazzire; con lui riesco a essere quello che non sono di solito: passionale, audace, romantica, espansiva. Riesce a tirar fuori la parte più profonda e intima di me. Quando siamo insieme sono sempre così felice, è come se partissi ogni volta per lunghi e fantastici viaggi, per posti nuovi e inesplorati; mi sento come una barca che a vele spiegate corre veloce solcando le onde e sfidando il vento, come un deltaplano che si lascia trasportare senza avere paura di cadere precipitosamente al suolo.

«E poi parliamo di tutto, ci raccontiamo della scuola, degli amici, dei nostri problemi, delle ansie, delle nostre paure. E lui... lui è così spiritoso, divertente, intelligente.»

Mi zittisco all'improvviso... non avrò esagerato?

Mia madre mi guarda divertita e capisco di essermi lasciata andare. Per darmi un contegno mi alzo cominciando a sparecchiare e lei, silenziosa, si avvicina e mi arruffa i capelli.

«Ma guarda un po', la mia bambina innamorata!»

L'abbraccio per nascondere l'imbarazzo e Giulia, in mezzo a noi, si fa sentire.

La scappata a Milano la vedo difficile; mia madre, dopo l'altra sera, non ha più tirato fuori l'argomento e io, finché non so qualcosa di più da Marta, non mi azzardo a riparlarne.

Intanto Marco continua con il suo ostinato mutismo. Nel frattempo, per tenermi occupata, ho deciso di andare a comprargli un regalo, anche se non so bene cosa. Approfitto dell'occasione per chiamare Giò e le chiedo di accompagnarmi.

La giornata è bellissima, c'è un sole splendente anche se l'aria è fredda. Come al solito mi si sono congelati piedi e mani, mentre Giò è più radiosa del solito: rilassata, sorridente, e sembra anche dimagrita un pochino.

«Sei in forma smagliante, qual è la tua ricetta? La voglio anch'io» le dico abbracciandola.

«Pane e acqua; se resisti una settimana ti faccio un megaregalo!»

«Mi vuoi morta; anche se dovessi buttare giù qualche chilo non arriverei fino a quel punto» e penso ai ravioli con la ricotta che ho intravisto in frigo prima di uscire.

«A chi lo dici, l'unica cosa che mi salva è che né io né mio padre amiamo cucinare. Lui sta fuori tutto il giorno e io tra la scuola, la danza e i compiti da fare non ho molto tempo. Per fortuna due volte la settimana viene una signora a pulire e ci cucina anche qualcosa: quelli sono i giorni migliori.»

La guardo di sottecchi. È strana la vita, quando viveva con la mamma era sempre nervosa e non avrei mai pensato che la soluzione più adatta a lei fosse vivere con il padre. Non so che dire, io ai miei voglio un bene dell'anima, ma il rapporto che ho con mia madre non posso proprio averlo con mio padre; è totalmente differente. Invece qui sembra l'inverso, l'intimità che Giò ha con il padre non può averla con la madre. Ha sofferto così tanto che vederla finalmente tranquilla e felice è veramente una gioia, peccato che ora abitiamo lontane.

Saliamo sull'autobus, che per fortuna è mezzo vuoto, e ci sediamo in fondo. La nostra meta è Campo de' Fiori.

«E con il tuo focoso amico come vanno le cose?»

«Ma insomma, proprio l'altro giorno mi ha lasciato; dice che non sa quello che vuole, che non si sente sicuro.»

«E tu come l'hai presa?»

«Veramente neanche così male. Mi ha solo dato fastidio scoprire che ci ha subito provato con la mia compagna di banco, Alessia, e come se non bastasse lei c'è stata.»

«Nooo, ma questa è una cosa orrenda. E lei che come si è giustificata?»

«Che ha accettato proprio perché noi c'eravamo lasciati.»

«Bella situazione del cavolo.»

«Esatto. Non so proprio che fare. Da un lato mi dispiace non frequentare la sola persona con cui ho fatto amicizia da quando sono alla scuola nuova; dall'altra, però, sentirmi le confidenze di lei e Simone...» e fa una faccia esplicita.

Come darle torto, bel dilemma.

Questa situazione non sembra averle guastato il buonumore; io al suo posto starei sotto un treno. Figurarsi immaginare Marco insieme a Marta. Certo, qui la cosa sarebbe decisamente più complicata, ma se non fossero fratelli... no, solo al pensiero mi sento male. E come se le avessero fischiato le orecchie proprio in quel momento arriva la sua telefonata.

«Eccoti, finalmente, che combini? Io sono a spasso con Giò per il centro, che fai, ci raggiungi?»

«Veramente sono con Giacomo. Ti ho chiamato per dirti che mia zia Mapi purtroppo questo fine settimana non ha trovato nessuno che possa ospitarci. Ma Giacomo ha degli amici a Milano, può sentirli.»

«Già era difficile prima, figuriamoci adesso. E cosa dico hai miei?»

«Non mi viene in mente nulla, il problema è la notte. Altrimenti dovremmo dire semplicemente che andiamo a dormire tipo da Giò; non penso che né i miei né i tuoi chiamerebbero mai il padre per sapere come stiamo.»

«No, no, troppo rischioso. Una bugia così grossa i miei non me la perdonerebbero per tutta la vita.»

«Ma se ti hanno perdonato anche quella del piercing al naso!»

«Che c'entra, ma io dopo quella volta ho giurato di non dirgliene più.»

«Okay, ora però ti devo lasciare, salutami Giò e noi sentiamoci più tardi, ti devo raccontare una cosa molto, ma molto interessante; ma adesso non posso, baci» e attacca.

Quando mi lascia così, la odio. Lancia lì frasi tipo 'ti devo raccontare' e tu senti subito i campanelli d'allarme e la curiosità che va a tremila; poi aggiunge 'ma adesso non posso' e tu vorresti andarla a cercare subito, prenderla da una parte e non lasciarla andare finché non ti racconta tutto.

Penso alle possibili opzioni:

1 - Ha litigato con Giacomo.

2 - Ci è andata a letto.

3 - Ha incontrato un altro.

4 - I suoi l'hanno scoperta.

5 - Ha qualche novità su Marco.

Dal tono non mi sembrava una cosa drammatica, anche se Marta sa essere una grande attrice, quindi può essere successo di tutto.

Nel frattempo siamo arrivate a largo Argentina e

scendiamo dall'autobus; prendiamo via Arenula e poi imbocchiamo via dei Giubbonari. Come al solito c'è parecchia gente, ma per fortuna è un'isola pedonale. Entriamo subito in un negozio con vestiti e scarpe particolari; me ne provo un paio, ma mi sento molto paperina e così non le compro.

Mentre proseguiamo racconto a Giò l'idea del viaggio a Milano e anche lei pensa sia molto complicato. Sono sempre più depressa, ma continuiamo il nostro giro e alla fine riesco a trovare qualcosa per Marco, una felpa con il cappuccio, molto carina. Intanto siamo arrivate a Campo de' Fiori e ci sediamo un momento vicino alla statua che si trova al centro della piazza. Proprio di fronte a noi c'è un folto gruppo di persone con il bicchiere in mano, forse c'è qualche festa in piazza. Incuriosite ci facciamo strada tra la folla e arriviamo davanti un piccolo locale con un bancone e quattro sgabelli: è una vineria, con varie bottiglie a vista e una lavagna che indica le marche disponibili. C'è gente ovunque e i camerieri non riescono a stare dietro a tutti i clienti. Un gruppo di ragazzi vedendoci entrare ci sorride, alzando il bicchiere in un cenno di saluto. Sorridiamo di rimando ma riprendiamo il nostro giro e arriviamo fino a piazza Navona che ci appare in tutta la sua bellezza. Una folla di turisti sta immortalando la piazza scattando foto; è pieno di famiglie, coppie di sposi, gruppi d'amici. Disseminati lungo tutto il marciapiede ci sono venditori ambulanti, artisti di strada, cartomanti. Un mimo è immobile in una posa innaturale, sembra che qualcuno l'abbia tramutato in pietra mentre correva; ha i capelli scolpiti all'indietro, la cravatta bloccata a mezz'aria, un braccio piegato e l'altro teso all'indietro come a indicare la corsa. Ci fermiamo ad ammirarlo, sembra veramente finto per come riesce a rimanere immobile, nonostante la gente lo osservi da vicino e mentre dei bambini gli girano intorno ridendo.

Alla fine, stiamo per tornare indietro quando a Giò viene un'idea.

«A proposito della gara di sabato, ma perché non provate a sentire gli altri genitori della squadra di pallanuoto? Per me qualcuno andrà sicuramente a vedere la partita del proprio figlio, potreste unirvi a loro e dormire nello stesso albergo.»

«Hai ragione, sembra una buona idea, anche se un po' mi scoccia chiedere ai suoi genitori.»

«Sì, ti capisco, ma se non vuoi aspettare che torni...» aggiunge guardandomi.

La cosa è stata più facile del previsto; i genitori di Marta avevano già deciso di andare a vedere la partita del figlio, ma Marta, troppo presa da Giacomo, non ne sapeva ancora niente e così mi sono potuta aggiungere a loro senza grossi problemi. Il piano diabolico di Marta è saltato, ma sia io che lei siamo pronte comunque a partire.

A volte ci complichiamo la vita, pensiamo che le situazioni siano più difficili della realtà; forse perché le prendiamo dal lato sbagliato?

La partita

La partita è alle quattro. Noi siamo in treno da cinque ore e io non sto più nella pelle. Mi vorrà parlare o mi ignorerà? Che devo dirgli appena lo vedo? Mi dispiace... no, non va bene, troppo brutale. Forse è meglio se faccio la disinvolta, come se non fosse successo niente. Questa mi sembra una buona idea. Ma cosa dico? Non è vero che non è successo niente! È una settimana che non ci sentiamo, che non risponde alle mie chiamate, che ignora i miei messaggi. Devo pensare a qualcos'altro. Mi giro a guardare fuori dal finestrino, a me piace il treno, ti senti come al cinema, dove scorrono veloci le immagini: campagne, città, piccole stazioni, poi c'è l'intervallo con un tunnel, e poi di nuovo laghi, fiumi, ponti, per non parlare della gente. A ogni stazione sale una coppia, scende una famiglia: poi salgono due turisti, e tu lì a pensare; dove scenderanno, a Firenze? No, secondo me arrivano a Bologna o magari fino a a Milano. E quel signore lì da solo che parla al telefono, cosa fa, viaggia per lavoro o torna a casa? Guardo curiosa le persone; come sono vestite, come si muovono, i loro gesti automatici. Sta passando quello delle bibite, mi piacerebbe prendere qualcosa ma poi, alla fine, lascio perdere, sarà il nervoso. Guardo i genitori di Marta, stanno leggendo tutti e due. Provo a sbirciare la copertina di quello del padre, ma non riesco a vederlo bene. Sembra un libro noioso.

Io e Marta, stanche di stare sedute, ci siamo alzate per fare un giro.

«Senti un po', mi devi raccontare meglio cos'è successo l'altro giorno» dico a Marta prendendola per un braccio. Lei ridacchia ma si vede che è in vena di confidenze.

Le mie previsioni si rivelano tutte sbagliate, penso mentre arriviamo alla carrozza del bar.

Mi racconta che l'altro giorno Giacomo l'ha portata a casa sua a conoscere la madre. Le è sembrata così simpatica e alla mano che alla fine ha deciso di rimanere a mangiare lì, insieme anche alle due sorelle più piccole; poi nel pomeriggio sono andati a casa di un amico di Giacomo.

E fin qui, la cosa non mi sembrava così interessante; ma dallo sguardo di Marta capisco che non è questo che mi vuole veramente raccontare, così la incito.

«Ma insomma, cos'è successo di così speciale?»

Lei abbassa la voce e mi sussurra all'orecchio una cosa.

«Non ci credo, mi prendi in giro.»

«Te lo giuro» continua lei ridacchiando.

La guardo e non so che dire, poi la curiosità prende il sopravvento.

«E com'è?»

«Non saprei dire» risponde lei vaga.

«Ma come non sai che dire. Voglio sapere tutti i particolari, Marta, non puoi fare la misteriosa proprio ora.»

E così alla fine arriva il bello, finalmente una notizia piccante, alla Marta. Il treno non è sicuramente il posto più adatto per simili confidenze, ma non posso aspettare e così tra risate e sussurri mi racconta che prima di tornare a casa si sono fermati con la macchina vicino Monte Mario, in un posto dove si vede una parte di Roma dall'alto e lei... l'ha baciato proprio lì! Sì sì, è così, altro che quello che ho fatto io con Marco; come al solito arrivo sempre dopo.

Marta, ormai lanciata, parte con una descrizione dettagliata che mi fa arrossire fino alla radice dei capelli. Una giovane coppia si gira a guardare e lei sorride divertita; io arrossisco ancora di più abbassando lo sguardo. Pensa se ci hanno capito, ma poi mi tranquillizzo, non può essere, sono stranieri, li ho sentiti parlare in inglese poco fa. Così Marta riprende da dove si era fermata e per dieci minuti buoni, tra le risate di tutte e due, racconta tutto, ma proprio tutto, anche i minimi particolari. Mi asciugo gli occhi con le mani mentre lo stomaco mi chiede una tregua.

«E poi cosa è successo?»

«Vale, che vuoi sia successo?»

La guardo in modo eloquente e lei annuisce.

«Esatto, proprio così.» Ormai bisbigliamo per paura che qualcuno possa capire l'argomento dei nostri discorsi.

«E tu, tu...» non riesco a finire la frase.

Lei annuisce ancora una volta.

«E com'è?»

Marta fa un'espressione comica e ricominciamo a ridere come matte.

Proprio in quel momento annunciano l'arrivo alla stazione di Milano. Io e Marta finiamo il succo e improvvisamente la coppia di turisti si gira verso di noi, sorridendo ancora, e lei avvicinandoci sussurra:

«Ciao, anche a me è piaciuto così tanto la prima volta» e facendoci l'occhiolino si allontana con il fidanzato, apparentemente ignaro di tutto.

Vedo Marta sbiancare e poi diventare rossa. Ci guardiamo esterrefatte e scoppiamo a ridere di nuovo.

«Oddio, Marta, lei ha capito tutto; che figura, non ci posso credere che abbia ascoltato tutto il tuo racconto.»

«Mamma mia, è vero, che figuraccia. Ma forse non ha sentito tutto tutto...» dice Marta, imbarazzata più di me.

«Ma come no, ci ha salutato apposta per farci intendere di aver capito.»

Proviamo a ricordare le cose dette, e più andiamo avanti più mi sento sprofondare dalla vergogna. Ci rannicchiamo nell'angolo, ma il ragazzo del bar ci invita a tornare ai nostri posti.

«È meglio se aspettiamo ancora un po', non mi va di incontrarli di nuovo. Fai finta di mandare un sms, così perdiamo un po' di tempo» bisbiglia Marta.

Alla fine facciamo quasi correndo tutto il tragitto fino alla nostra carrozza dove i genitori di Marta ci stanno aspettando impazienti.

Scendiamo dal treno che sono ancora presa dal racconto di Marta, ma mentre prendiamo il taxi e percorriamo il tragitto per arrivare in albergo, l'ansia e l'eccitazione per l'incontro con Marco si fanno sentire di nuovo in modo insistente. Come ho fatto a stare una settimana senza di lui?

Indosso una gonna nera a coste di velluto, una maglia rosa e sopra porto il maglione che piace tanto a Marco, quello sempre rosa con il cappuccio. Fa freddo, così ho messo le calze a righine rosa e nere.

Per l'occasione ho aggiunto anche un filo di trucco, matita nera e un po' di lucidalabbra rosa alla pesca. Non è che sono troppo confetto? Esco dalla camera con Marta che mi tremano le gambe.

«E il regalo non lo prendi?» mi chiede lei.

«No, meglio di no, voglio prima vedere che succede» rispondo guardandola con ansia.

Lei si avvicina e mi abbraccia.

«Rilassati, lo sai che Marco stravede per te. È solo uno molto preciso; ma quando ti vedrà si scioglierà come un budino.»

«Non lo so, forse ho fatto male a venire. Lui non vuole parlarmi, e poi ci sono i tuoi; non lo so, ho paura che non sia stata una buona idea.»

Lei mi stringe più forte mentre ci incamminiamo verso l'ascensore.

«Non ci pensare, ormai è fatta. Ti do un consiglio, appena lo vedi fai finta di niente, lo saluti e lo baci, così, come se nulla fosse. E mi raccomando sorridi, vedendo questi occhioni non potrà fare tanto il sostenuto. Ti ho detto che una volta mi ha confessato che quando gli sorridi si sente rimescolare tutto e non ci capisce più niente?»

Rido imbarazzata.

«Non è vero, me lo dici apposta.»

Sento la tensione allentarsi. Marta ha questo effetto su di me, mi fa rilassare.

«Non ti dispiace che Giacomo non sia potuto venire per via dei tuoi?»

Marta sospira.

«Da morire, ma non mi sembrava proprio il caso, e a me faceva piacere stare con te; sono contenta che tu e mio fratello state insieme, per me siete le persone più importanti al mondo. Lo sai, noi due abbiamo un bel rapporto; certo, ogni tanto litighiamo e non ci sopportiamo, ma so che se ne ho bisogno lui è lì ad aiutarmi. E tu... tu sei la mia migliore amica, cosa potevo desiderare di più? Siete la coppia perfetta.»

Mi si inumidiscono gli occhi dalla commozione. Dove la trovo un'altra amica come lei?

«Ti voglio bene, Marta.»

«Anch'io, Vale.»

L'abbraccio forte e usciamo dall'ascensore.

L'albergo è lo stesso dove dormono anche i ragazzi della squadra e nell'atrio riconosco altri genitori.

La partita si svolge presso la sede della Pallanuoto Milano, in via Francesco Redi, non lontano dalla stazione, e così saliamo in macchina di una coppia che si offre di darci un passaggio.

Mentre attraversiamo la città guardo fuori dal finestrino; piove ed è già buio. A Milano sono venuta solo una volta di passaggio tanto tempo fa. È decisamente diversa da Roma, ma come tutte le città ha il suo fascino. Passiamo per Porta Venezia lasciandoci sulla sinistra dei giardini pubblici. Ma sono distratta, la mia testa continua a pensare alla faccia che farà Marco non appena ci vedrà; eh sì, perché non sa che tutta la famiglia è venuta a vedere la sua partita.

Appena entriamo Marta mi sospinge verso gli spogliatoi.

«No, Marta, meglio di no.»

Ma qui c'è una gran confusione e così, non riuscendo neanche ad avvicinarci, decidiamo di andare a trovarci un posto a sedere.

Appena Marco esce dagli spogliatoi insieme gli altri ragazzi della squadra mi manca subito il respiro: Dio quanto è bello, come fa uno così carino a stare con una come me? Mi agito sulla sedia imbarazzata, vorrei alzarmi e correre verso di lui, invece abbasso la testa, ma poi non resisto e lo cerco di nuovo con gli occhi.

Lui, come se avesse sentito il mio sguardo, alza la testa, e i nostri occhi si incrociano.

Mi sento trapassare con lo sguardo, mille aghi mi attraversano il corpo. Per una frazione di secondo sento il suo sguardo profondo e intenso. Lui, tormentandosi la cuffia con le mani, viene verso di noi e io trattengo il respiro. Comincio a tremare come una foglia mentre mi impongo di mostrarmi tranquilla.

Marta, sbracciandosi, si alza in piedi e l'abbraccia. Lui le sorride felice, poi lei gli indica i genitori e lui sorpreso si volta, saluta con la mano e gli manda un bacio.

Poi senza degnarmi di uno sguardo si rigira e torna dai suoi compagni.

Mi vorrei far legare ai binari di una ferrovia e aspettare di farmi travolgere da un treno in corsa. Non mi vuole, non mi vuole più! Guardo Marta disperata.

«Non mi ha neanche salutata» le dico con un filo di voce, sentendo salire le lacrime.

«Be', se è per questo neanche tu.»

«Lo so, non mi è uscita neanche una parola. Mi sono sentita paralizzata. Cosa dovevo fare?» chiedo sempre più triste.

«Te l'ho detto, dovevi essere splendida. Sorridergli, abbracciarlo, baciarlo, dirgli in bocca al lupo e magari mentre lo abbracciavi potevi sussurrargli che ti era mancato da morire.»

Uffa, ma perché a lei vengono sempre delle idee fantastiche e io invece faccio sempre la figura dello stoccafisso? Perché non è venuto in mente niente di simile anche a me?

Avrei tanto voluto toccarlo, baciarlo, dirgli che gli

voglio bene; ma quando lui si è avvicinato non ho capito più niente, il cervello mi si è annebbiato. Ho sentito solo il suo sguardo freddo e distaccato.

Vorrei fuggire via, scomparire, ma insomma, perché non esiste veramente la pomata svanilina?

Mi bruciano gli occhi, li chiudo poi li riapro ma la situazione non sembra migliorare. Veloce, senza farmi vedere, asciugo una lacrima che mi è sfuggita.

Vorrei alzarmi e urlare: 'Marco, ti amo'.

Passo tutta la partita distratta da tetri pensieri e dal voler solo tornare a casa e buttarmi sul letto a piangere. Mi sento l'eroina di un melodramma, nel momento in cui la protagonista, coprendosi il viso con un fazzoletto, cercando di darsi un contegno dice: 'Vorrei essere lasciata sola con il mio dolore. Maria (ma perché le cameriere all'epoca si chiamavano tutte Maria?), vi prego, spegnete la luce e chiudete la porta; e se qualcuno mi cerca dite loro che la signora è stanca e non riceve visite.'

Sospiro guardandomi intorno; non posso, ormai devo rimanere. Comincio a sentire caldo e mi sfilo la felpa e il maglione che portavo sotto, legandoli in vita

Okay, posso rimediare; appena usciamo da qui devo trovare un momento per parlare con lui, per spiegargli cosa è successo. Me lo sento, tornerà tutto come prima.

Finalmente la partita finisce e nell'entusiasmo generale per la loro vittoria lasciamo tutti gli spalti e raggiungiamo la squadra. L'euforia per fortuna mi ha contagiato e così sentendomi più audace mi avvicino a Marco e lo tiro per un braccio.

Lui si gira e mi abbraccia, ma poi capisce che sono io e mi allontana bruscamente.

«Perché sei venuta? Non ti voglio parlare» esordice subito irrigidendosi.

«Ti prego, Marco, devo spiegarti. Mi dispiace, non è come pensi.» Ma è inutile, le grida di gioia sono troppo alte e la mia voce si perde.

Mi avvicino ancora di più.

«Marco?»

Lui fa per allontanarsi, ma io lo seguo, questa volta decisa a farmi ascoltare. Lo sto quasi per raggiungere quando sento delle urla e mi giro giusto il tempo di vedere tutti gli altri giocatori che, ignari della mia presenza, si stanno lanciando su Marco, gridando a squarciagola; vengo travolta e finisco in acqua insieme a loro.

Bevo al primo istante e vengo spinta verso il fondo della piscina; apro gli occhi e mille gambe e braccia si agitano contemporaneamente; provo a darmi una spinta verso l'alto, ma i vestiti mi impediscono di muovermi con agilità. A fatica riesco a districarmi da quella massa di braccia, gambe e raggiungo la superficie.

«Aaaah» urlo, ma vengo soffocata dai cori della squadra.

Gli schizzi d'acqua mi fanno bere di nuovo, e non riuscendo a rimanere a galla mi sento di nuovo scivolare verso il fondo. Affogo, me lo sento, è arrivata la mia ora, penso in uno sprazzo di lucidità.

Il panico sta per avere il sopravvento quando finalmente mi sento afferrare per la vita e vengo spinta in superficie. Qualcuno si è accorto di me!

«Ehi, fermi, c'è una ragazza in acqua, datemi una mano a tirarla su» sento dire da qualcuno.

«Ed è anche carina» aggiunge un altro.

In un secondo me li trovo tutti intorno che mi sorreggono e mi spingono verso il bordo piscina.

«Ma è Vale, la mia amica» sento dire da una voce che mi sembra quella di Marta.

«Oddio, è Vale, la mia ragazza.»

Allora sono ancora la sua ragazza, penso, mentre mi lascio andare.

«Senti, Marco, ma non è troppo carina per te?»

Lui li ignora e mi sussurra: «Scusami, Vale, non mi ero accorto fossi dietro di me.»

Ma non ho la forza di rispondere, il naso mi pizzica per tutta l'acqua che ho bevuto e gli occhi mi bruciano per il cloro. Mi sento stanchissima.

Delle braccia mi tirano fuori e vengo stesa sul bordo piscina.

Non vale, non era questo che avevo previsto!

Perché le cose non vanno mai come dovrebbero? Ci mancava solo il tuffo in piscina tutta vestita; adesso sarò un mostro, per non parlare della figuraccia che ho fatto con tutti quanti. Persa nei miei pensieri, continuo ostinatamente a tenere gli occhi chiusi. Non voglio vedere nessuno, andate via tutti, che vergogna! Era meglio se rimanevo a casa.

«Deve respirare» dice qualcuno.

Sento della mani armeggiare con il bottone della mia gonna. Aiuto, mi vogliono spogliare! E mentre apro gli occhi un pensiero mi passa veloce, ma oggi che mutande mi sono messa?

«Eccola, si è ripresa. Come stai, tutto a posto?»

Tutta la squadra al completo mi fissa come un insetto da laboratorio; ma che hanno da guardarmi in questo modo, non hanno mai visto una ragazza svenuta? E indispettita provo a tirami su. Aaah, urlo mettendomi le braccia al petto! Arrossisco fino alla radice dei capelli. Vergogna! Ecco cosa stavano guardando, il mio reggiseno a fiorellini! Ma come si fa, in un momento così drammatico, a pensare a una cosa del genere? E poi dicono che i maschi non sono fissati!

Per fortuna in quel momento arriva di corsa il loro allenatore con un asciugamano e mi copre mentre li fa allontanare.

«Come ti senti?» mi chiede.

«Bagnata ma bene» rispondo con un filo di voce.

Ma è una bugia, mi sento uno schifo. Provo ancora a tirarmi su a sedere, ma i vestiti fanno resistenza. La mamma di Marco sopraggiunge seguita da Marta e il padre.

«Vale, tesoro, quanto mi dispiace, come ti senti? Riesci ad alzarti? Tirati su che ti porto negli spogliatoi, così puoi indossare qualcosa di asciutto. Marta, dammi una mano» aggiunge rivolta alla figlia.

Del dopo non ricordo più niente; credo di aver dormito per dodici ore di fila. Mi sono svegliata direttamente la mattina di domenica, completamente ristabilita. Si fa per dire: il morale era sotto i tacchi e l'umore nero come la pece.

«Ehi, finalmente, pensavo che volessi rimanere a letto anche oggi» prova a scherzare Marta sedendosi sul mio letto.

Mugugno qualcosa.

«Ti sei svegliata male?»

«No. Solo di cattivo umore.»

Lei si sdraia vicino a me.

«Non è colpa tua, non te la prendere. Ti hanno spinto in acqua, non si erano accorti che eri vicino a Marco. Ieri sera alla cena erano tutti dispiaciuti, volevano scusarsi personalmente, peccato che tu non sia potuta venire.»

«Meglio così, altrimenti succedeva qualche altro casino.»

«Che hai voglia di fare? Ti va una colazione fantastica? Dài, alzati.»

Sempre più depressa scendo dal letto e vado a fare una doccia. Bel fine settimana, e ho pure insisto per venire. Torno che Marta non c'è più, mi ha lasciato un biglietto 'Ti aspetto di sotto'.

Mi sto per mettere i pantaloni quando bussano alla porta. Convinta sia Marta, apro e mi trovo davanti Marco.

Nessuno dei due dice una parola e il silenzio si fa imbarazzante. Ma incuranti continuiamo a fissarci; non mi importa neanche di essere in mutande e maglietta. Lo so che dovrei parlare, ma non mi viene in mente niente.

Lui, senza mai smettere di guardarmi, entra dentro, chiude la porta e mi attira a sé.

«Vale, Vale, che devo fare con te? Perché sei venuta?»

«Non mi rispondevi al telefono, pensavo che non volessi più vedermi.»

«Non posso.»

«Cosa?»

«Non ci riesco, ci ho provato ma non riesco a starti lontano.»

«Perché dovresti?»

«Perché mi fai soffrire.»

«Mi dispiace» riesco a sussurrare.

Affondo il viso sul suo petto e quell'odore familiare mi fa sorridere.

«Non è come pensi» continuo.

«Non lo so, però ti sei comportata male. Ieri pomeriggio quando ti ho vista in piscina mi si è gelato il sangue. Tu... eri così carina e io... io ero talmente felice che fossi venuta a vedermi che per un momento ho dimenticato perché ero arrabbiato con te, ho capito che era una battaglia persa, e questa consapevolezza mi ha fatto innervosire.»

«Ma perché ti sei arrabbiato così tanto?»

Mi alza il viso e mi guarda.

«Come perché? Mi chiudi il telefono in faccia mentre ti sto dicendo che ci sono rimasto male perché non riusciamo a vederci e mi chiedi anche perché?»

«Non è vero, non ti ho chiuso il telefono in faccia.»

«Sì che l'hai fatto, e poi non mi hai più risposto al telefono né ai messaggi. Allora come me lo spieghi?»

Sospiro e a malincuore mi stacco da lui.

«Va bene, te lo dico, ma promettimi di non arrabbiarti.»

«Più di così?»

«Mi sono addormentata mentre eravamo al telefono.»

L'ho detto, sì l'ho fatto!

Sulla sua faccia appaiono mille espressioni: incredulità, diffidenza, stupore, meraviglia, poi con uno scatto mi afferra e mi butta sul letto.

«Sono così noioso?» mi chiede, ma dallo sguardo capisco che è divertito.

Dunque anche questa volta aveva ragione mia madre, penso, e mi rilasso all'istante.

«Un po'» scherzo.

«Questa te la faccio pagare. Chiedi perdono» e comincia a farmi il solletico.

«Smettila, ti prego.»

«Chiedi perdono.»

«Perdono.»

«Più forte, devono sentirlo tutti.»

«PERDONO!» urlo e finalmente lo bacio.

«Non pensare di cavartela così alla buona. Diciamo che devi farti perdonare per bene» aggiunge in modo allusivo.

«E come sarebbe questo per bene?»

«Diciamo che uno strip sarebbe molto apprezzato.»

«Non se ne parla proprio» e mi copro con il piumino.

«Forza, solo un pochino.»

«Marco, smettila, che mi imbarazzo.»

«Ma che male c'è?» e si butta sotto le coperte insieme a me.

«Non mi sembra il caso. Marta mi sta aspettando giù per fare colazione» rispondo sgattaiolando fuori dal letto.

«Non penso. È uscita con i miei, siamo d'accordo che non torna prima di mezz'ora.»

Hai capito i fratelli MM, hanno organizzato tutto, penso sorridendo.

«E poi il perdono me lo sono guadagnato eccome. Ti vorrei ricordare che per te:

1 – Ieri non sono andata a scuola;

2 – ti ho comprato un regalo;

3 – sono venuta fin qui per vedere la partita.

E tu invece di buttarmi le braccia al collo e dirmi che mi vuoi bene che fai? Mi affoghi in piscina; bel modo di dimostrare il tuo amore» aggiungo con la faccia imbronciata.

«Dio, Vale, non mi far ricordare quell'episodio; mi dispiace veramente tanto. Ieri quando ho capito che eri finita in acqua con noi mi sono preso un tale spavento. Scusa, è che nell'euforia della vittoria ci siamo lasciati un po' andare» risponde leggermente imbarazzato.

«Me ne sono accorta.»

«Dovevi vedere la tua faccia quando sei uscita dall'acqua» e comincia a ridere.

«Brutto antipatico» e gli lancio un cuscino, ma lui lo schiva e mi attira di nuovo sul letto.

«Quanto mi sei mancata.»
«A chi lo dici.»
«Senti...»
«Mmh...»
«Ho sentito parlare di qualche regalo o sbaglio?» mi chiede mentre ci buttiamo di nuovo sotto le coperte. Rido felice.

L'arrivo di Giulia

«Vale, Vale» sento mia madre chiamare.

«Sììì?» rispondo dal salone.

«Chiama tuo padre, è ora.»

Come è ora, è ora per fare che?

Rimango ancora distesa sul divano, guardando la TV.

«Vale, hai capito cosa ho detto? Non perdere tempo, alzati e chiama tuo padre.»

A quel punto finalmente mi si accende la lampadina, Giulia! Oddio, scatto all'istante e corro in camera di mia madre.

«Mi vuoi dire che...»

«Sì, sì, hai capito bene, non rimanere lì impalata, ti prego. Devi chiamare tuo padre, dobbiamo andare in ospedale, non c'è molto tempo.»

Con le mani che mi tremano, prendo il cell e chiamo.

«Mamma, che facciamo? Il numero è occupato» le dico, con voce angosciata.

«Calma, Vale, intanto aiutami ad alzarmi e a vestirmi. Poi riprovi.»

Con sempre maggior apprensione le do una

mano, mentre mentalmente cerco di rimanere calma.

Giulia, aspetta, che fretta hai? Sei rimasta lì tanto tempo e adesso scalpiti? Papà continua a non rispondere al telefono; cavolo, papà, pure tu, però...

«Chiamiamo un taxi» dice mia madre ormai pronta per uscire.

Dopo cinque minuti saliamo in macchina, e mentre ci muoviamo osservo il viso tirato di mia madre; stringendomi la mano, mi dice che le contrazioni cominciano a farsi sentire sempre più forti.

In preda all'ansia mando un sms a Marta: 'Giulia si è rotta e ci ha fatto appena sapere che è ora!'

Lei mi risponde al volo.

'Che fico, Vale, che emozione! Fammi sapere, non mi tenere sulle spine!'

'Okay, a dopo.'

Poi mando un sms anche a mio padre per avvertirlo; intanto continuo a stringere la mano di mia madre.

E se papà non arriva, che faccio?

«La prego, faccia più in fretta, altrimenti mia figlia nasce qui, nella sua macchina» urla mia madre al tassista, che preoccupato si mette a suonare il clacson come un matto.

«Mamma, respira, devi fare dei lunghi respiri, ti ricordi? Me l'hai detto tu» e mimo la scena.

Comincia a sudare e la fronte le si copre di minuscole goccioline.

«Ci siamo quasi, signora, resista, cinque minuti e siamo arrivati.»

Mia madre respira sempre più velocemente; Giulia, fai la brava, aspetta altri due minuti. Non puoi voler uscire fuori proprio ora su un sedile di un taxi, giusto? Meglio un posto più tranquillo, con tanta gente intorno che ti aiuta. Dài, ti prego, fai la brava.

Il tassista imbocca come un fulmine il ponte dell'isola Tiberina e inchioda davanti all'ingresso.

Apre lo sportello, ma mia madre non vuole scendere, si tiene la pancia e stringe i denti.

Io e il tassista ci guardiamo senza dire una parola, poi corro verso l'androne dell'ospedale e comincio a urlare come un'invasata.

«Sta per nascere, aiuto, qualcuno mi aiuti.»

In un attimo due infermieri vengono fuori portando una lettiga; tirano mia madre fuori dal taxi e io, dopo aver pagato, li seguo.

«Siete sole?» mi chiede l'infermiere.

«Ci deve raggiungere mio padre. Dove la portate?»

«Stai tranquilla, adesso controlliamo com'è la situazione.»

Prendo la mano di mia madre e, camminandole accanto, le tolgo i capelli dal viso.

«Hai parlato con tuo padre?»

«Gli ho mandato un messaggio, starà sicuramente arrivando.»

La vedo confusa, sento che allenta la presa della mano, poi la stringe di nuovo con forza.

«A quanto pare Giulia è impaziente» prova a scherzare.

«Tua madre adesso la portiamo oltre questa porta, ma tu non puoi venire, devi aspettare qui.»

«Vi prego, fatemi entrare, non voglio rimanere qua fuori da sola!» dico sull'orlo di una crisi di nervi.

«Come ti chiami?» chiede uno dei due infermieri.

«Valentina.»

«Ecco, Valentina, devi stare calma, se fai così agiti tua madre. Tra poco verrà un'infermiera e ti dirà se puoi entrare o meno.»

«Mamma?»

«Vale, tesoro, è tutto a posto. Devono solo controllare quanto manca, mettiti seduta; tra poco arriva tuo padre.»

E senza lasciarmi il tempo di rispondere la spingono oltre la porta: sparisce.

Rimango a fissare la porta chiusa. Poi mi guardo intorno, vedo una sedia e mi ci butto sopra. Provo a chiamare Marco ma mi accorgo che non c'è campo, così, anche se con riluttanza, mi allontano dal corridoio e scopro che mio padre ha provato a chiamare più volte.

«Papà, dove sei?»

«Vale, per fortuna mi hai risposto, tra dieci minuti sono lì da voi. Tua madre come sta? Dov'è?»

«Oh, papà, non lo so, non ho capito bene, sono così agitata. Mi hanno detto che dovevano controllare la mamma, ma non mi hanno voluto far entrare. Fai in fretta, ti prego, non voglio rimanere sola» e gli spiego dove sono.

Scrivo a Marco e vado a sedere di nuovo davanti alla porta; ma non riesco a stare seduta, così mi alzo di nuovo e sbircio dal vetro della porta.

«Tu devi essere Valentina. Ciao, io sono Teresa, la caposala. Tua madre sta bene e mi ha detto di abbracciarti forte da parte sua; tra poco la portano in sala operatoria, a quanto pare tua sorella è impaziente di vederti.»

Sorrido debolmente, ma i miei occhi devono tradire la paura.

«Non devi preoccuparti, tua madre è in buone mani, con lei c'è anche il suo ginecologo.»

Mentre parla mi fa cenno di seguirla in una piccola stanza dove mi fa sedere. Mi offre un bicchiere d'acqua e mi chiede se voglio qualcosa da mangiare;

ma ho lo stomaco chiuso, non ci potrebbe entrare neanche uno spillo.

«Vale, tesoro.»

Mi giro e vedo il viso trafelato di mio padre apparire sulla porta.

«Papà» dico e l'abbraccio. «L'hanno portata dentro, è arrivato il momento» continuo parlando come in trance.

«Troppo tardi per entrare? Volevo assistere.»

Teresa la caposala sorride.

«Vado a vedere» e scompare anche lei dietro quella porta. Ma come mai in questo ospedale spariscono tutti?

Mio padre sembra un altro, ha lo sguardo assente, sembra perso. Continua a passarsi la mano tra i capelli.

«Tesoro, vieni, andiamo a sederci lì in fondo. Ti dispiace se entro per stare vicino alla mamma?»

Muovo la testa in segno negativo ma ho una leggera fitta allo stomaco. Lo so che è giusto così, ma vorrei tanto rimanesse con me.

«Capisci, vero? È un momento importante e io posso partecipare solo standole accanto. Tu in una situazione simile non vorresti Marco accanto?»

Lo guardo in silenzio. Non lo so, forse sì, ma non ne sono proprio sicura.

Se sto male non voglio nessuno accanto, e poi non mi piace farmi vedere mentre sono brutta e stravolta. Forse preferirei avere Marta accanto: un'amica ti può vedere in qualsiasi momento, ma il tuo ragazzo... non lo so. E se poi dopo averti vista così non ti vuole più?

Teresa si affaccia dalla porta.

«Venga, si sbrighi, la stanno ancora preparando.»

Mio padre scatta, si passa ancora una volta la

mano tra i capelli, fa un passo, poi si gira, torna indietro e mi abbraccia forte.

«Ti voglio bene, Vale. Vuoi rimanere qui o preferisci andare a casa? Non so, mi sento in colpa a lasciarti da sola.»

«Vai, sto bene, non ti preoccupare per me, vi aspetto qui. Marta ha detto che mi raggiunge. Vai» mento trattenendo le lacrime.

Lui mi abbraccia un'ultima volta, poi si gira e anche lui viene inghiottito da 'quella' porta.

Senso di abbandono; improvvisamente mi sento così insicura, indifesa. Eppure ormai ho quindici anni, sono grande. Non lo so perché, ma in situazioni di forte stress mi viene sempre da piangere.

Così alla fine, non riuscendo a stare ferma, esco dal reparto, scendo le scale e mi siedo in cortile. Al centro c'è una vasca con dei pesci rossi, e rimango a fissare l'acqua che zampilla, poi mi appoggio alla panchina e chiudo gli occhi.

L'aria è fredda, mi solletica piacevolmente. Il rumore delle persone che mi circondano mi conforta; non so quanto tempo rimango così, ma alla fine quando riapro gli occhi mi sento meglio.

«Non ci posso credere, Valentina.»

Un ragazzo davanti a me sorride.

Cerco di ricordare dove ho visto quel viso; veloce il mio cervello corre alla ricerca della risposta, il suo sguardo mi è familiare, anche la sua voce, ma proprio non ricordo. Certo è strano che mi sia scordata di uno così fico...

«Ciao» rispondo per prendere tempo.

«Ti ricordi? Non ti ricordi, si vede dalla faccia. Campeggio, Sperlonga, quest'estate.»

Arrossisco all'istante, Andrea il bello, il bacio al sale!

«Vedo che adesso ti ricordi!» e ride. «Come stai? Cosa ci fai qui?» continua.

«Mia madre sta per partorire, è dentro con mio padre. Non mi hanno fatto entrare. E tu invece?»

«Ho accompagnato mio fratello a fare un controllo.»

Si siede vicino a me e si accende una sigaretta.

«So che Marta sta ancora con Giacomo.»

«Sì» rispondo leggermente imbarazzata.

«Loquace come al solito, eh? Rilassati, non voglio saltarti addosso.»

Sorrido mio malgrado.

«Anche se non mi dispiacerebbe.»

«Andrea!»

«Allora ti ricordi anche il mio nome. Allora qualche speranza ce l'ho» e ridacchia ancora. «Stai sempre con il ragazzo di quest'estate, il fratello di Marta?» continua.

Faccio sì con la testa.

«E tu che mi racconti, che fai? Lavori?» riesco alla fine a dire.

«Veramente mi sono iscritto ad Architettura.»

«Ma dài, e ti piace?»

«Sì, molto.»

Rimane con me per una buona mezz'ora. Mi racconta dell'esame che vuole fare e delle lezioni che sta seguendo. Ogni tanto mi soffermo a guardarlo. Sempre bello come al solito, ma sembra un po' diverso, meno affascinate. O forse sono io che sono cambiata? Mi sembra passata una vita da quel famoso bacio che mi ha perseguitato e tormentato per mesi; ormai è solo un vago ricordo, meglio così. Mi distrae l'arrivo di suo fratello che, finite le visite si siede con noi sulla panchina; rimaniamo tutti e tre a parlare, osservando la vasca dei pesci. Scopro che si chiama Luca ed è più piccolo di Andrea di un anno; ma da come scherzano si capisce che sono molto amici. Mi raccontano di avere la passione dello sci e che appena possono, anche solo per un paio d'ore, vanno a farsi una sciata. Li osservo mentre continuano a parlare tranquillamente, sono simili ma diversi. Andrea è alto, moro, con i famosi occhi verdi, mentre Luca è leggermente più basso, molto più magro, con gli occhi scuri; ma la cosa che li rende profondamente diversi è il modo con cui ti guardano: mentre il primo ti mangia con gli occhi, l'altro ti coccola con lo sguardo. Io, ormai perfettamente a mio agio tra di loro, gli racconto dell'arrivo di Giulia, delle mie ansie, di come sto vivendo il nuovo evento. Alla fine ci salutiamo che sono contenta di averli incontrati; mi è anche passata la tristezza di prima.

Risalgo al reparto 'Ginecologia' e vado alla ricerca di Teresa la caposala, che trovo intenta ad aiutare una signora ad andare in bagno.

«Eccola qui, la nostra Valentina. Finalmente, ti sono venuta a cercare, ma non sapevo dove eri finita. Tua sorella è nata, sei contenta?»

«Non ci credo» dico euforica, «Che emozione, posso vederla? E i miei dove sono? Mia madre sta bene?»

«Tutto bene. Tuo padre sta per uscire, vai davanti all'ingresso così lo vedi appena arriva. Ma insomma, Valentina, non ti vedo troppo convinta.»

«Sì, sì, sono solo frastornata» sorrido raggiante e corro verso la porta che in quel momento si apre e mostra il viso stanco di mio padre.

«Papà» lo chiamo andandogli incontro.

«Vale, è nata, Giulia è nata. Dio che meraviglia, tesoro, devi vederla, ti piacerà da morire.»

«Mamma?»

«Sta bene, stanca, ma felice anche lei. Vale, non ti puoi immaginare, mi sento emozionato come un bambino, è stata un'esperienza fantastica. Vieni qui, fatti abbracciare» e mi stringe forte.

Mi metto a piangere senza rendermene conto.

«Tesoro, che fai, piangi? No, non devi» sussurra mentre mi bacia i capelli.

Non riesco a spiccicare parola; sento un groppo alla gola che non vuole andarsene.

«Sono così felice, papà. Piango perché sono felice.»

Lui mi stringe ancora più forte.

«Vieni, andiamo ad aspettare che torna la mamma.»

Le lacrime scorrono via velocemente, ma quel nodo alla gola non vuole proprio andarsene.

Oggi Giulia viene a casa e io non vedo l'ora che arrivi. Ieri con mio padre abbiamo messo il suo lettino accanto a quello dei miei e la cosa mi ha fatto un certo effetto. Sono ancora scossa per tutte queste novità e ho la lacrima facile; come l'altro giorno, in ospedale, quando ho abbracciato mia madre, per non parlare di quando ho visto Giulia per la prima volta.

Certo non si può dire che la sorellina sia proprio carina, ma questo non l'ho detto a nessuno, ovviamente; con quel naso schiacciato, la pelle un po' raggrinzita, sembrava più un viso da pugile che altro. Ehi, ma che cose orrende sto dicendo!!!

Ma che ci posso fare se è questo quello che ho pensato appena l'ho vista? Sembrava una specie di animaletto, è veramente minuscola, hai quasi paura a toccarla per timore di farle male.

Mentre ero lì vicino ai miei, la osservavo e cercavo di capire cosa pensava. Per lei deve essere una cosa strana trovarsi catapultata in questo pianeta misterioso, che è il nostro mondo. Tutto nuovo per lei, i rumori, gli odori, i suoni; per nove mesi se n'è stata lì tranquilla, senza che nessuno la disturbasse o toccasse, e poi all'improvviso tutta quest'invadenza. Gente sconosciuta che ti cambia, ti lava, ti veste; peccato che di quei momenti non si hanno minimamente ricordi. Mi piacerebbe poter sapere qual è stato il suo primo pensiero appena messa la testa fuori; da come piange non direi che ha pensato delle belle cose; magari invece non pensiamo niente in quel momento, chissà!

Mentre aspetto il loro arrivo ho chiesto a Marco di passare a trovarmi, non ho voglia di stare da sola, e poi non ci vediamo da due giorni, un'eternità.

Appena entra si toglie il giaccone e vedo che porta la felpa che gli ho regalato.

«Allora come stai? Un po' emozionata?» esordisce abbracciandomi.

«Un pochino, anche se mi sembra ancora tutto così irreale, come se non fosse vero.»

Andiamo in cucina e io mi siedo sul tavolo.

«Vuoi qualcosa... che ti va?»

Lui si avvicina e mi bacia, sa di cioccolato fondente, mmh che buono! Si stacca ma io lo attiro di nuovo a me.

«No, non te ne andare, ancora uno, me ne dai sempre pochi di baci» gli dico continuando a tenerlo stretto a me.

«Non è vero, ho solo paura di essere troppo appiccicoso, per questo mi trattengo.»

«Tutte scuse» mugugno, mentre continuo a sentire il suo sapore di cioccolato.

Lui rimane fermo e mi guarda, ma sento che non è rilassato.

«Senti, i tuoi potrebbero arrivare da un momento all'altro; vorrei evitare di fare brutte figure.»

«Come sei preciso. Non ti ho mica detto di fare chissà cosa, solo un bacio.»

«Lo so, ma ho paura, se mi lascio andare faccio qualche danno! Come quella volta sul divano a casa mia.»

Ridacchio mentre continuo a mordicchiargli il collo e mi stringo di più a lui.

«Allora me lo fai apposta» risponde con voce soffocata.

Sì, sì, sì, mi piace stuzzicarlo quando cerca di resistere!

«Ti prego, Vale, e se poi arrivano i tuoi?»

«Ma non vengono prima di un'ora.»

Sembra abbia detto la parola magica; sento le sue resistenze sparire e in un attimo ci ritroviamo completamente avvinghiati sul tavolo della cucina. Il mio corpo aderisce al suo e le mie braccia gli circondano il collo. Lui mi infila una mano sotto la maglietta e mi accarezza la schiena. Rabbrividisco per la mano fredda. Poi, non so perché, mi viene in mente il bacio a centrifuga di Marta e così, sentendomi molto, ma molto audace, decido di provare.

Per una frazione di secondo, Marco si allontana confuso, poi però sembra che la novità gli piaccia e così si lancia anche lui. Uahu, ragazzi, da urlo, devo dirlo a Marta, Giacomo è proprio un genio!!!

Mi stacco per riprendere fiato e lo guardo negli occhi.

«Hai deciso di risucchiarmi tutta?»

«Mmh» mugugna mentre la sua mano sotto la maglietta si fa più intraprendente.

Senza darlo troppo a vedere mi divincolo, ma Marco non molla la presa.

«Ehi, stai fermo con quella mano, dove pensi di andare?»

«Non sto facendo niente.»

«Bugiardo. Non esagerare.»

«Ma dài, solo un pochino. Mi piace la tua pelle, è così liscia.»

Chiudo gli occhi mentre la sua mano mi percorre tutta la schiena, poi viene in avanti e mi accarezza la pancia.

Indietreggio, allontanando la mano.

«Vuoi qualcosa da mangiare? Una fetta di torta?»

«No, voglio solo te! Perché non ci togliamo i jeans?»

«Non ci penso proprio.»

«Così ci possiamo toccare meglio.»

«No, non se ne parla e poi mi vergogno.»

«Ma ti ho già vista in costume.»

«È diverso.»

«Non facciamo niente, te lo giuro.»

«Prometti.»

«Prometto.»

«Guarda che mi fido.»

Ma proprio quando ci stiamo sfilando i pantaloni, sento girare la chiave nella toppa... cavolo, i miei!

Scattiamo in piedi, cercando di ricomporci.

«Per fortuna che non arrivavano prima di un'ora» mi sussurra Marco con aria agitata.

Faccio appena in tempo a sistemarmi i capelli che la famiglia al completo fa la sua entrata in cucina.

«Mamma, papà, bentornati. Marco è passato a conoscere Giulia» dico con voce euforica come se niente fosse.

«Marco, ciao» rispondono entrambi.

«Buonasera, come state?» chiede Marco leggermente imbarazzato.

«Bene, anche se un po' stanchi. Ma vieni avvicinati, anche tu, Vale. Eccola qui la nostra piccolina... fate piano però, sta dormendo» aggiunge mia madre.

Marco fa per avvicinarsi, poi si gira a guardarmi e, disgrazia delle disgrazie, mi accorgo che gli è rimasta aperta la lampo dei jeans. In un balzo sono vicina a lui e cercando di non farmi vedere dai miei lo tiro per la felpa, ma lui mi guarda con aria interrogativa. I miei segni evidentemente non sono abbastanza chiari. Così lo sospingo di lato, mi infilo davanti a lui e mentre mi abbasso a osservare Giulia che dorme nella carrozzina, provo a tirargli su la lampo. Lui indietreggia come scosso dalla corrente e mi fulmina con lo sguardo.

Sto per chiedergli di accompagnarmi un momento nella mia stanza, ma mio padre mi precede.

«Marco, mi daresti una mano a portare la valigia in camera nostra?» chiede.

In quel momento intercetto lo sguardo di mia madre che si accorge della lampo aperta.

Ecco, lo sapevo, è andata, ormai la figura l'abbiamo fatta, penso, e mi giro sconsolata ad aprire il frigo.

«Com'è quel detto? 'Quando il gatto non c'è i topi ballano'.» È la voce di mia madre.

«Non so di cosa parli» rispondo stando sulle mie, con il viso dentro al frigorifero.

«È inutile che fai la finta tonta.»

«Non è come pensi.»

«Ah, no?»

«Non è successo niente.»

«Guardando Marco non si direbbe.»

«Mamma, smettila, non è così. Sarà andato in bagno e si sarà dimenticato di chiuderla, può succedere, no?»

«Certo, certo...» risponde sarcastica.

Esco di corsa dalla cucina, e lo trovo seduto vicino a mio padre: ha finalmente la lampo chiusa. Mi lancia uno sguardo di fuoco e io gli sorrido a mo' di scusa, ma dopo poco, per niente a suo agio, saluta i miei e lo accompagno alla porta.

«Perché non me l'hai detto?»

«Ci ho provato... ho provato a farti dei segnali, ma tu non capivi.»

«Che figura ho fatto. Immagina come mi sono sentito quando tuo padre mi ha detto senza mezzi termini che avevo lasciato la cerniera dei pantaloni aperta, mi sarei scavato la fossa da solo. Lo sapevo che non dovevo ascoltarti.»

Lo bacio sulle labbra e gli sorrido.

«Okay, scusa, hai ragione, mi dispiace, ma ormai è andata; e poi quante storie, può anche succedere di andare in bagno e dimenticarsi di chiudere la lampo, no? E poi la figuraccia l'ho fatta io, non tu!» Poco convinto mi saluta e se ne va imbronciato.

Certo, chissà cosa sarebbe successo se i miei non fossero arrivati proprio in quel momento, mi domando mentre mi appoggio alla porta chiusa e un sorriso malizioso mi appare sul viso.

Il centro del mondo

Sono passate due settimane dall'arrivo di Giulia e devo ammettere che la sua presenza si fa sentire, eccome. I miei hanno due occhiaie da far paura e io non riesco più a dormire come una volta; mi sveglio spesso appena la sento piangere. Mia madre passa tutte le giornate dietro a lei e io e mio padre cerchiamo di darle una mano. La casa sembra un accampamento degli Unni e la signora che viene a farci le pulizie, poverina, non riesce a starci dietro. Tra piatti sporchi, panni da lavare e camere da pulire, secondo me uno di questi giorni getta la spugna. La cucina, invece, è diventata terra di mio padre; la sera cucina lui, per tutti, quando torna a casa. Io provo ad aiutarlo, ma in pratica fa tutto da solo, e non si lamenta mai, anche se ne avrebbe tutto il diritto, infatti mia madre è diventata un po' una rompi: Giorgio fai questo, Giorgio mi prendi quello, Giorgio hai comprato i pannolini? Giorgio hai visto il ciuccio di Giulia? Io al suo posto sarei già scoppiata. Ma papà dice che è solo un periodo e bisogna avere pazienza.

Giulia adesso è diventata più carina, il viso le si è disteso e la pelle è meno screpolata, perfino il nasino non è più così a patata. Certo, a parte guardarla, prenderle la manina e accarezzarla non si può fare molto con lei, al momento sembra più una bambola che altro.

In compenso le cose con Marco vanno alla grande; lui è sempre così affettuoso e presente. Spesso ci diamo appuntamento da qualche parte, io lascio il mio motorino, ci compriamo un pezzo di pizza e via, ce ne andiamo al Gianicolo oppure a villa Pamphili. Rimaniamo ore e ore a chiacchierare, tanto che il tempo sembra non ci basti mai.

Sono seduta in camera mia a fare i compiti di italiano quando citofona Marta: da quando è nata Giulia, ha preso l'abitudine di passare a trovarci. Così anche oggi, dopo aver fatto il solito giro dei saluti, entra in camera mia e si siede a terra.

«Ancora non li hai finiti?» mi chiede vedendo il libro di italiano.

«No, sono in ritardo, da quando c'è Giulia non riesco più a concentrarmi bene, un disastro.»

La vedo pensierosa.

«Con Giacomo tutto bene?»

«Sì, con lui tutto bene.»

«Che c'è allora, hai una faccia... È successo qualcos'altro?»

«I miei mi hanno scoperto.»

«E me lo dici così? In che senso ti hanno scoperto?»

Lei poggia la testa al muro e sospira.

«Ci hanno sorpresi.»

«Nooo, ma quando è successo?»

«Ieri sera.»

«E hai aspettato tutto questo tempo per dirmelo?»

«Veramente ho provato a raccontartelo il giorno stesso, ma tu eri incasinata qui a casa, non ho capito bene cosa stavi facendo, così ho lasciato perdere. Ti ricordi?»

Mentre lo dice mi torna in mente la sua telefonata: ero alle prese con il cambio del pannolino di Giulia. Mia madre mi aveva finalmente permesso di cambiarla e così quando ho sentito Marta lì per lì non mi sono soffermata sulla sua voce da funerale e ho tagliato corto; abbasso gli occhi sentendomi in colpa.

«Marta, mi dispiace, ma perché non me l'hai detto che era importante?»

Lei alza le spalle. «Non fa niente, tanto prima o poi doveva succedere, no?»

«Sì, ma non così. Cosa stavate facendo?»

«Veramente niente di speciale, eravamo solo sotto le coperte a farci le coccole. Ma loro ovviamente hanno pensato non male, malissimo.»

«Che figura! E poi?»

«Ho provato a spiegare, ma i miei non hanno sentito ragioni e hanno preteso che Giacomo se ne andasse via subito.»

«Cavolo Marta, veramente una situazione imbarazzante. Certo però, pure tu... come ti è venuto in mente di portarlo a casa e infilarti a letto con lui?»

«Ma i miei non dovevano tornare così presto, erano stati invitati a cena da un coppia che non vedevano da anni; mia madre mi aveva chiamato apposta nel pomeriggio per avvertirmi che non sarebbero tornati per cena e invece, sfiga pazzesca, la cena all'ultimo minuto è stata rinviata e così me li sono trovati tutti e due lì davanti alle otto di sera.»

«Ma non c'era Marco?»

«Sì, era in camera sua, infatti hanno fatto una scenata anche a lui.»

«Non ci credo, ma è pazzesco. E ora, cosa conti di fare?»

«Non lo so. La cosa strana è che mi ero finalmente decisa a farglielo conoscere, ma adesso... ormai.»

«Che peccato» rispondo veramente dispiaciuta.

«A chi lo dici, sono così depressa, anche perché hanno trattato Giacomo in modo così freddo, come se fosse entrato un ladro in casa; mi sono sentita morire per lui. I miei li ho detestati come non mai!»

Rimango in silenzio, non sapendo cosa aggiungere. Poi cercando di allentare la tensione dico: «Be', lo sai che hanno sorpreso anche noi?»

«Ma dài, e dove?»

«In cucina, eravamo stesi sul tavolo.»

Marta sembra riprendersi e un sorriso fa capolino sul suo viso. «Però, in cucina... è un bel suggerimento.» Poi ridiventa cupa in un attimo, e aggiunge: «Adesso non vogliono neanche che continui a frequentarlo.»

«Addirittura. Ma quindi ne avete riparlato, hai provato a spiegare che è il tuo ragazzo?»

«Ho dovuto farlo; appena Giacomo è andato via, mia madre mi ha fatto il terzo grado. Oh Vale, è stato così umiliante, mi ha trattata come una bambina di cinque anni.»

Si gira a guardare fuori dalla finestra mentre sento la sua voce incrinarsi.

«Il massimo è stato quando, per farle capire quanto per me Giacomo è una storia seria, le ho detto che stiamo insieme da quest'estate. A quel punto si è messa a urlare come una matta, è dovuto intervenire anche mio padre per calmarla. Pensi che abbia dei genitori normali? Come puoi proibire a tua figlia di vedere il suo ragazzo, subito dopo che lei ti ha detto che ci sta insieme da cinque mesi e che lo ama? È che mia madre non mi ascolta, questa è la verità; a lei ha dato fastidio solo di trovarsi lì davanti uno sconosciuto, senza che lei ne sapesse niente. Per non parlare di quello che avranno pensato i vicini, si sarà detta! Queste sono le sue uniche preoccupazioni; dio, quanto non la sopporto.»

«Marta, non dire così, era solo scossa; sarà stata la reazione dovuta alla paura di averti trovato a letto con un ragazzo.»

«Forse» mi risponde alzando le spalle. «In ogni modo non ci penso proprio a non uscire più con Giacomo solo perché me l'ha detto lei. Non stavamo facendo niente di male, lui... lui è una persona adorabile, mi vuole veramente bene e io... io sono pazza di lui.»

Mentre lo dice ha cambiato espressione, gli occhi le si sono allargati di più e la bocca ha assunto una piega soddisfatta. Continua come parlando a sé stessa: mi racconta che spesso passano pomeriggi interi a parlare, quando lui finisce il lavoro. Lei è così affascinata dalla quantità di cose che lui conosce; forse dipende dal fatto che legge moltissimo, aggiunge. Gli piace passare molto tempo in libreria a girovagare tra gli scaffali e a volte Marta l'accompagna anche se, mi confessa, le librerie le fanno un po' soggezione.

È vero, forse perché è un posto dove ti senti leggermente inadeguato, tutti quei libri sconosciuti e poi l'aria che aleggia così silenziosa. Non so, da un lato sono attirata da quella montagna di carta, da quei miliardi di parole. Tutti quei romanzi, racconti, saggi, poesie, appunti di viaggio, libri illustrati, biografie, favole, filastrocche; per non parlare dei vari generi, narrativa, thriller, polizieschi, fantasy, horror, roba da perderci la testa. Una volta, mi ricordo, sono andata con i miei in una libreria di quelle molto grandi e mi sono persa girovagando tra i vari piani, neanche in una vita intera uno potrebbe riuscire a leggerli tutti!

È come viaggiare: se guardi l'atlante geografico ti accorgi che, anche volendo, non potresti vedere tutti i posti che esistono al mondo. Così è per i libri, in una vita intera quanti ne potrai leggere?

«L'altro giorno me ha regalato un nuovo romanzo, ma devo ancora iniziarlo, in questo periodo sono troppo nervosa» continua Marta.

Peccato che la storia con Giacomo non riesca a viversela bene, anche se non lo vuole ammettere le dispiace non avere l'approvazione dei suoi.

«Adesso basta parlare di me, cambiamo argomento, altrimenti mi deprimo ancora di più. Tu con Giulia, tutto bene? A vederti sembrerebbe di sì.»

«Altroché, sono molto felice, anche se, detto tra me e te, non è proprio come mi aspettavo.»

«Perché no?»

«Non lo so, da quando è nata esiste solo lei. Dai da mangiare a Giulia, fai silenzio che Giulia dorme, vai a vedere se bisogna cambiarla, pulirla, lavarla. Vale, guarda tua sorella se ha bisogno di qualcosa. Non riesco più a parlare d'altro con i miei.»

«Che fai, ti sei già pentita di avere una sorella?

«No, che c'entra, è che mi sento... diciamo, un po' messa da parte.»

«Addirittura, ma se i tuoi stravedono per te.»

«Ma non dico che ora non è più così, però sono meno attenti a quello che faccio.»

«Non mi sembra proprio, visto quello che è successo in cucina con Marco...»

«Vabbè, ma quella è un'altra storia, Marta.»

«Comunque dagli tempo, poverini; anche loro dovranno abituarsi alla nuova situazione. Forse tra qualche settimana tornerà tutto come prima.»

«Ma sì, non volevo mica lamentarmi...» comincio a dire.

«Sei solo un po' gelosa» finisce Marta per me.

«Non è vero» rispondo forse in modo troppo brusco, ma una piccola vocina ammette che, forse un po', lo sono.

Mancano tre settimane a Natale, e finalmente arriveranno anche le vacanze. Sono a pezzi; la notte dormo poco e male, e durante il giorno casco dal sonno. La situazione a casa non è cambiata, anzi mi sento di dire che sembra anche peggiorata, perché adesso mia sorella necessita di maggiori attenzioni e le mie paure si stanno rivelando sempre più concrete. Spesso trascorro giornate intere senza che i miei si accorgano della mia presenza o assenza. Quando esco non fanno più molte obiezioni e, cosa ancora più preoccupante, non mi chiedono più con chi e a che ora torno. L'altro giorno poi ho discusso con mia madre perché avevo dimenticato di comprare i pannolini, e oggi mi ha ripreso perché sono entrata in camera e ho sbattuto la porta facendo svegliare Giulia.

Lo so perfettamente che non dovrei prendermela, ma non è facile abituarsi a tutto questo. Prima ero sempre io al centro dei loro discorsi, delle loro attenzioni, non passava niente inosservato; se tornavo a casa nervosa mia madre se ne accorgeva subito e mi chiedeva cosa era successo. Ora entrambi sono distratti; stamattina stavo parlando con mio padre dell'interrogazione di inglese, quando è entrata mia madre con Giulia e lui si è dimenticato di chiedere com'è andata a finire; in passato una cosa del genere non sarebbe mai successa.

E Marco su questo fronte non mi è molto d'aiuto, lui prende sempre le difese dei miei e la cosa mi fa infuriare. Possibile che hanno sempre ragione gli altri? Possibile che non possono mai sbagliare? Ma lui è così, i genitori non si toccano. Sarei proprio curiosa di sapere se c'è qualcosa che lo manda fuori di testa tanto da farlo litigare con loro.

Mi squilla il cell, è Marta.

«Ciao, come stai?»

«Da schifo, ho litigato di nuovo con mia madre e me ne sono andata sbattendo la porta.»

«E ora dove sei?»

«Sono con Giacomo, ho deciso che stasera non torno a casa.»

«Marta, non esagerare, vuoi venire a dormire da me?»

«Veramente sto andando in campagna con lui, pensavamo di rimanere lì.»

Mi si gela il sangue.

«Marta, non fare stupidaggini. Vedrai che alla fine si aggiusta tutto, loro sono ancora arrabbiati con te, non peggiorare le cose.»

«Senti, adesso non ti ci mettere anche tu a farmi la predica» mi risponde piccata e capisco che sta sul sentiero di guerra.

«Marta, ti prego, ascoltami; vieni qui, parliamone.»

Ma non sente ragioni, ha deciso, e quand'è così niente e nessuno le fa cambiare idea.

«Se è quello che vuoi... Però almeno di' ai tuoi che dormi a casa mia.»

Lei rimane in silenzio qualche minuto e alla fine accetta.

Chiudo il telefono e mi sdraio sul letto. Dunque Marta ha deciso che stanotte sarà il suo grande giorno, la sua prima volta; da un lato sono elettrizzata per lei, ma dall'altra mi sembra che non lo stia affrontando con lo spirito giusto. Spero veramente che non lo faccia solo per fare un dispetto ai suoi. Ma tanto lei è così, un cavallo pazzo.

Mi alzo e vado in camera dei miei, dove Giulia dorme placidamente nel suo lettino. Porta un vestitino giallo canarino con davanti disegnata una paperella, le labbra sono leggermente socchiuse mentre ha le manine strette a pugno vicino al viso. Quando potrò parlarci? Riusciremo mai a essere amiche? Ci somiglieremo?

Mi giro e trovo mia madre poggiata allo stipite della porta.

«Dorme?»

«Paciosamente» rispondo, sentendomi colta in fallo.

«Speriamo non si svegli durante la notte» continua lei sedendosi sul letto.

La guardo meglio; ha il viso stravolto e i capelli arruffati. La pancia per fortuna le è sparita completamente e ricomincia ad avere il suo solito aspetto. Ma gli occhi sono distratti, o forse solo assonnati.

«Sei stanca?» le chiedo sedendomi sul letto.

«Abbastanza. Avrei voglia di uscire, è dal giorno del parto che non esco più a fare qualcosa di diverso se non andare in giro con Giulia in carrozzina.»

«Allora perché non usciamo insieme stasera? Lasci Giulia con papà, andiamo al cinema. Non sarebbe carino? Io e te da sole.»

Lei mi guarda e per un attimo gli occhi le si accendono.

«Mi sembra proprio un'idea allettante. Okay, più tardi avverto tuo padre.»

Torno in camera a studiare, sono rimasta indietro con i compiti di latino e inglese.

Per fortuna finisco presto, così vado a casa di Marco mentre i suoi sono al lavoro.

Entro in camera e lo trovo davanti al computer su internet.

«Cosa stai cercando?»

«Devo fare una ricerca per filosofia» risponde continuando a guardare il monitor.

Lo abbraccio da dietro e lo bacio sul collo. Profuma di doccia appena fatta.

L'idealismo italiano, leggo il titolo che mi appare sullo schermo.

«Non sembra un argomento molto interessante» aggiungo.

«Concordo perfettamente» risponde mentre si appoggia a me lasciandosi baciare soddisfatto.

Mi siedo sulle sue gambe e lo bacio sulle labbra. Mi sento come il lupo di *Cappuccetto rosso,* me lo mangerei in un boccone. Ha le guance leggermente arrossate, forse dovute al calore della doccia.

Lui ricambia il mio abbraccio e io affondo la testa sul suo petto, poi, non sazia, gli infilo le mani sotto la maglia e gli accarezzo la schiena. Lo sento irrigidirsi.

«Perché non ci spostiamo sul letto?» mi chiede lui.

Annuisco senza smettere di baciarlo.

«Non vorrei fare la fine di Marta e Giacomo.»

Lui ride divertito.

«Una situazione veramente imbarazzante, le urla di mia madre si sono sentite perfino per strada. Ma oggi non ci sono rischi, è troppo presto; sono sicuramente al lavoro» risponde.

Intanto ci siamo alzati e siamo uno di fronte all'altro; ci stiamo mangiando con gli occhi. Poi lui mi spinge e io mi lascio cadere sui cuscini.

Chiudo gli occhi mentre lui mi accarezza delicatamente. Sento le sue dita percorrere tutto il braccio, poi arrivare al collo, poi ridiscendere aprendo la felpa. Ci liberiamo dei pantaloni e il contatto con le sue gambe nude mi fa venire la pelle d'oca.

«Hai freddo?»

«Un po'.»

Afferra il piumino e ci infiliamo sotto. Un caldo tepore mi riscalda mentre le nostre bocche si cercano di nuovo. Lo stringo più forte mentre lui gioca con i miei capelli. Mi lascio andare alle emozioni che si accavallano dentro di me. Il suo corpo, la sua pelle, le sue carezze: da un lato vorrei di più, ma dall'altra un'ansia crescente mi impedisce di spingermi oltre. E lui è così titubante, incerto, mi sfiora appena. Adesso la sua mano si è fatta improvvisamente più sicura, sta provando a insinuarsi sotto al reggiseno. Scivolo via sfuggendo al suo tocco, poi mi riavvicino di nuovo.

«Vale, mi fai impazzire. La tua pelle è così morbida, delicata» mi bisbiglia.

Apro gli occhi e incontro i suoi, sorrido e lo attiro a me.

«Hai deciso di farmi morire, ho capito.»

Lo guardo divertita mentre intreccio le sue gambe alle mie. Lo sento respirare affannosamente, quando le sue mani riescono a infilarsi sotto al reggiseno, e il mio cuore fa un salto. Imbarazzata gli tolgo veloce la mano.

«Dài, solo un pochino, giuro che non vado oltre» aggiunge Marco con voce soffocata.

Ma io vorrei che andasse oltre, vorrei che mi ignorasse!

Lascio che alzi la maglietta e mi baci sulla pancia. Mille brividi corrono come fulmini lungo tutto il corpo. Mi lascio andare a quel tocco leggero, a quei baci. Le sue mani incerte continuano a giocare con le mutandine, non osando fare altro. E mille pensieri strani continuano a confondermi la testa.

«Perché non lo facciamo?» mi chiede improvvisamente lui guardandomi con occhi offuscati dal desiderio.

«Non lo so, cioè... è che... forse... non mi sento ancora pronta» farfuglio, anche se sento il mio corpo dire altro. Ma la sua timidezza e goffaggine mi fanno sentire ancora più insicura. Vorrei... non lo so cosa vorrei, forse più sicurezza, più esperienza da parte sua in modo da sentirmi meno imbarazzata io. Da come si muove non direi proprio che l'abbia già fatto, forse Marta si sbaglia.

«E quando lo sarai?» chiede lui.

«Non lo so, tra una settimana, un mese, due mesi» rispondo ridacchiando per nascondere l'imbarazzo.

«Non mi prendere in giro, non lo dico per metterti fretta, è che sto diventando matto... dammi una data, anche perché voglio che sia una cosa speciale» continua mordicchiandomi il collo.

«Ma come faccio a darti una data?»

«Ti prego» mi dice con occhi imploranti.

Ci penso un po' su.

«Gennaio.»

Lui mi guarda stupito.

«Gennaio???»

«Anzi no, febbraio, ecco sì, facciamolo a San Valentino.»

Dal suo sguardo capisco che gli sembra un'eternità, ma si riprende subito.

«E sia il quattordici febbraio» risponde solenne; poi si alza in piedi sul letto e alzando le braccia al cielo aggiunge: «Resisterò, e quel giorno sarà bellissimo!» e si lascia cadere addosso a me.

Certe volte è proprio scemo, ma lo amo lo stesso.

Scendo veloce le scale di casa di Marco, sono le

sette e mezza; devo sbrigarmi, altrimenti faccio tardi per il cinema con mia madre, ci tengo così tanto! Finalmente io e lei da sole, sono così contenta. Mentre attraverso la strada penso che magari uscendo potremmo anche andare a mangiare la pizza. Avrò, per almeno due ore, mia madre tutta per me. Salgo i gradini di casa mia a due a due; non vorrei arrivare tardi proprio stasera. Magari c'è bisogno che le dia una mano prima di uscire. Farò scegliere a lei il film, non vorrei portarla a vedere qualcosa che la annoi, ha sempre avuto dei gusti così difficili. Mentre sto per entrare in casa mi viene in mente che ormai non facciamo più neanche il pizza day. Peccato, le domeniche a mangiare pizza al taglio e a guardare un bel filmetto mi piacevano proprio tanto. Giro le chiavi nella toppa e di volata sono in camera mia. Poggio la giacca e corro in camera da letto dei miei.

Vuota. Mi giro, e tornando verso la cucina chiamo mia madre. Non risponde nessuno. Sul tavolo trovo un biglietto.

> Sono uscita con Giulia; passo dalla zia di Marta. Non so a che ora torno, se hai fame ci sono le polpette al sugo nel frigo. Tuo padre non dovrebbe tardare. Ti voglio bene,
>
> Mamma

Mi siedo e rileggo il biglietto. Sento un leggero pizzicore agli occhi. Non può essersi dimenticata; forse papà le ha detto che stasera era troppo stanco, magari ha voluto solo rimandare a domani. I miei occhi si poggiano sul frigo davanti a me. Ci sono attaccate delle foto: io appena nata, io al mare che faccio un castello di sabbia, i miei in montagna, io in braccio a mio padre. Distolgo lo sguardo. Non ci credo che se n'è dimenticata, una spiegazione c'è sicuramente. Calma, meglio aspettare che torni. Certo, però poteva anche avvertirmi. Con ancora il biglietto in mano entro in camera, mi siedo sul letto e poi mi sdraio. Non correre Vale, non correre. C'è una spiegazione, tranquilla, non è come pensi, non si è dimenticata di te.

Dei passi mi risvegliano dal torpore, è tornato mio padre.

«Dormi?» mi chiede affacciandosi sulla porta.

«No. Mamma e Giulia sono dalla zia di Marta.»

«Sì, lo so, mi ha chiamato tua madre per avvertirmi.»

Il senso di nausea aumenta.

«Ma non ti ha detto che dovevamo andare al cinema insieme stasera, mentre tu rimanevi con Giulia?»

E mentre aspetto la risposta tengo il fiato sospeso.

«No, non mi ha detto niente. Forse sarà stata troppo occupata con Giulia e le è passato di mente. Ci andrete un'altra volta. Vado a preparare da mangiare» e scompare dietro la porta.

«Non ho fame, non mangio» gli urlo dietro.

E in silenzio, dopo essere andata in bagno, torno in camera mia, mi butto di nuovo sul letto e sto per mandare un sms a Marta; ma poi mi ricordo con chi sta e 'cosa' sta per fare e così rinuncio e spengo la luce.

«Non mi vuoi più bene, ecco la verità!» urlo a mia madre in preda a una crisi isterica.

«Vale, ma cosa dici?» mi risponde dispiaciuta.

Stamattina mi sono alzata dal letto tremendamente depressa e con la consapevolezza che ormai i miei preferiscono stare con Giulia, che io per loro non conto più come prima.

A colazione non sono riuscita a parlarle; ero così

arrabbiata che ho appena salutato e sono fuggita via senza finire il latte con i cornflakes. Pensavo che durante la mattinata la situazione migliorasse, che mi passasse la delusione, ma così non è stato.

E quando mia madre a pranzo mi ha chiesto cosa avevo, e perché ero così taciturna, non ce l'ho fatta, sono sbottata.

«La verità, ecco cosa dico. Ieri non dovevamo andare al cinema insieme?» le chiedo alzando il mento in gesto di sfida.

Vedo la sua faccia cambiare espressione.

«Dio, Vale, hai ragione, me ne sono completamente dimenticata. Scusa, tesoro, ma non l'ho fatto apposta. Non penserai che...»

Non la lascio finire.

«Io penso solo che prima non ti sarebbe mai capitata una cosa del genere. Tu e papà non mi cercate più, non mi chiedete come vado a scuola, con chi esco, a che ora torno. Come mi sento, se sto ancora con Marco; magari ho anche cambiato ragazzo e voi non lo sapete. Magari a scuola vado malissimo. Mi cerchi solo per chiedermi di andare a prendere il latte per Giulia, di aiutarti a cambiare Giulia, di non urlare perché Giulia dorme, di andare a vedere se Giulia ha bisogno di qualcosa... E quello di cui ho bisogno io? La verità è che non ve ne importa più niente di me!»

Mia madre mi guarda ammutolita.

«Io ho provato a essere paziente, a pensare che era solo un periodo, ma ormai sono quasi due mesi. Non era questo che mi avevate detto sarebbe successo; o comunque, non così.»

«Sono così addolorata di sentirti parlare in questo, Vale, mi dispiace. Noi ti vogliamo sempre bene, non è cambiato niente. Ma adesso non sei più da sola, hai una sorella, e quindi è chiaro che devi dividere con lei tutte le tue cose.»

«Ma io non voglio, non voglio. È tutta colpa sua, ti odio, ti odio» dico fuori di me, quando lei si alza di scatto e mi abbraccia.

«Shh, non dire così» risponde accarezzandomi la testa, ma io mi sciolgo dall'abbraccio e fuggo in camera mia via in lacrime.

Il regalo di Natale

Sono ancora arrabbiata con i miei, e dal giorno della litigata con mia madre non vado più in camera loro a salutare Giulia. Anzi, l'altro giorno in un attacco di rabbia ho preso il sacco con dentro tutti i giocattoli e vestiti che avevo messo da parte per lei e li ho buttati nel cassonetto sotto casa.

Mi sento un po' infantile per questo mio atteggiamento, ma penso che è colpa loro.

Ormai sono chiusa nel mio mutismo da giorni e le uniche parole che mi escono quando li vedo sono di saluto. Papà ha provato a essere più carino del solito, ma so che lo fa perché mamma gli ha parlato. E io per fargli dispetto ho smesso anche di aiutarli: non vado più a comprare il latte, non aiuto papà in cucina e non sistemo più niente, a parte la mia camera.

Mi sento uno schifo, è come se improvvisamente non avessi più i miei punti di riferimento; il mio rapporto con loro è sempre stato un punto di forza, un vanto per me. Non ci posso credere che loro siano riusciti a mettermi da parte così facilmente.

Anche il rapporto con Marco ha subìto un cambiamento: non sono più serena come prima, mi innervosisco subito, mi offendo, litigo al minimo problema. Lui non sa più come muoversi quando siamo insieme. Prova a essere gentile, a confortarmi ma questo, invece che aiutarmi, mi indispone ancora di più, tanto che me la prendo sempre con lui.

L'altro giorno per la prima volta devo averlo proprio fatto arrabbiare, tanto che mi ha lasciato davanti al cinema e se n'è andato via. Dovevamo andare a vedere un film, ma poco prima dello spettacolo mi sono impuntata nel volere un pezzo di pizza. Marco ha provato a convincermi, eravamo già in ritardo, ma non c'è stato niente da fare. Non contenta, arrivati alla biglietteria mi sono lamentata perché erano rimasti solo i posti davanti e lui, esasperato, mi ha lasciato lì da sola. Mi sono fatta perdonare offrendogli una doppia dose di crêpe alla nutella!

Ma non basta, sono talmente presa dai miei problemi da aver dimenticato di chiedere a Marta cosa è successo con Giacomo l'altra notte e come è andata a finire con i suoi... imperdonabile!

Così oggi ho deciso di recuperare e le ho chiesto di fare una passeggiata insieme. È a pranzo dalla zia Mapi, così decido di raggiungerla. Passo vicino a Castel Sant'Angelo, dal lato del lungotevere. Anche se allungo leggermente mi piace di più, è un tratto pedonale, poi poco dopo che costeggio il Tevere appare in tutta la sua grandezza San Pietro. Ci sono già parecchi turisti, forse perché Natale è ormai alle porte. Mi affaccio e scorgo un ragazzo che fa canottaggio sul fiume. Che schifo, non potrei proprio, avrei l'ansia di essere bagnata da quell'acqua così sporca. Pensa se adesso gli si rovescia la canoa e ci finisce dentro? Rabbrividisco solo al pensiero, ma mi scappa un mezzo sorriso. A volte sono un po' maliziosa.

«Excuse me, do you know where is piazza Navona?» mi chiede una signora con la cartina in mano.

Cercando di essere d'aiuto con il mio inglese non certo perfetto le indico la direzione. Soddisfatta di me mi rimetto in marcia, ma subito dopo rivedo la stessa persona chiedere a un altro signore; nooo, non vale, ero così fiera di me! Mi allontano velocemente e prendo via della Conciliazione. Non mi piace, è troppo grande, anonima, fredda, e poi tutti quei negozi per turisti, pieni di cartoline, santini, miniature di San Pietro, madonnine, portafortuna, candele, ceri. Giro per via di Porta Castello e imbocco gli archi delle mura vaticane, sto per arrivare al portone della zia quanto sento un leggero colpo in testa, alzo il viso ma non vedo niente; mi tocco la parte colpita e... che schifo, una cacca d'uccello! Bleah, ma proprio in testa a me doveva atterrare, penso schifata. Guardo la mano sporca, e cercando di aprire lo zaino frugo con la mano pulita alla ricerca di un fazzoletto. Senti che puzza, mi viene quasi da vomitare. Una signora con il figlio per mano mi passano accanto, il bambino si gira, mi guarda ridendo e io indispettita faccio il gesto di lanciargli qualcosa; lui spaventato inciampa e la madre lo riprende. Questo non è il mio periodo fortunato, penso, anche se qualcuno dice che porta fortuna.

Suono e salgo.

«Vale, come sei carina, vieni, metti il giaccone dove vuoi. Marta è scesa un momento a comprarmi il caffè. L'ho finito e io non posso rimanere senza. Vuoi una fetta di crostata di more? L'ha fatta la signora del primo piano, ti consiglio di provarla, è buonissima» mi dice sorridente.

«Sì, grazie, ma prima devo assolutamente andare

in bagno, un piccione mi ha lasciato un ricordino» e le indico la testa e la mano.

Lei ride divertita e arriccia leggermente il naso. Torno dopo essermi data una lavata ai capelli, ma l'odore continua a perseguitarmi. Cerco di distrarmi assaggiando la crostata, che è fantastica, e senza accorgermene ne mangio più della metà.

«L'altro giorno ho visto finalmente tua sorella Giulia.»

Mugugno qualcosa: non c'è speranza, mia sorella incombe su di me, e pensare che è arrivata solo da così poco.

Lei mi guarda con un guizzo negli occhi.

«Non sei contenta? Certo, immagino che per te non deve essere facile.»

Ho lasciato trasparire qualcosa? Arrossisco colta in fallo.

«Ma no, è così carina» provo a essere convincente. Ma la zia Mapi è molto perspicace, o forse io sono un libro aperto.

Lei si siede sulla poltrona di fronte a me in salotto.

«Mia madre mi raccontò che quando nacqui io mia sorella fece il diavolo a quattro. Per mesi non la fecero avvicinare a me; appena poteva mi faceva dei piccoli dispetti e una volta addirittura mi graffiò.»

«Non ci credo.»

«Come no! Certo, lei all'epoca aveva appena quattro anni, quindi era molto piccola, ma è successo proprio questo. Pare che sia una reazione naturale. Pensa che addirittura lo zio Giulio cominciò di nuovo a fare la pipì a letto, anche se aveva più di undici anni; lui rimase traumatizzato dall'arrivo del fratello, anche perché i genitori non l'avevano per niente preparato all'evento: un giorno tornò da scuola e si trovò questo intruso dentro la sua camera, per poco non sveniva. A te non è successo niente di traumatico?»

Spilucco le briciole della crostata rimaste sul piatto.

«Non più di tanto; ho emozioni contrastanti, forse questo sì, ma sono contenta che sia arrivata» rispondo cercando di avere un tono serio, mi scoccia dover ammettere di essere gelosa. E poi in realtà io ce l'ho con i miei; certo, forse poi indirettamente anche con lei, ma poco, anzi pochissimo.

«Meglio così» risponde lei guardandomi comprensiva. «Ma se nei prossimi mesi ti dovesse capitare, ricordati che è una reazione normale, non devi farne un dramma, in fondo è un evento bello ma anche traumatico: condividere da un momento all'altro l'affetto dei tuoi genitori, che solo fino al giorno prima era esclusivamente per te. Ma non dimenticare mai che i tuoi ti vogliono tanto bene.»

La guardo mentre parla, chissà se ha fatto una chiacchierata con mia madre, sembra proprio che si riferisca a quello che è successo a me. Ma non può essere, loro non si sentono così spesso e mia madre è andata a trovarla il giorno prima della nostra litigata; sarà una semplice coincidenza, ma certo, deve averglielo detto Marta. Come se mi avesse sentita, la mia amica appare proprio in quell'istante.

«Vale, ciao, sei arrivata da molto?»

«Da dieci minuti, giusto il tempo di spazzolarmi mezza crostata alle more. Adesso dovrò stare a dieta per tutta la prossima settimana.»

«Esagerata, però ne è valsa la pena, no? Ma cos'è questa puzza, la sentite anche voi?»

Mi tocco i capelli imbarazzata, uffa, li avevo lavati proprio stamattina. Certo che a Marta non sfugge proprio niente.

Ce ne andiamo dopo un quarto d'ora. Attraversiamo il ponte e passeggiamo tra le viuzze che costeggiano corso Vittorio Emanuele. Parliamo della scuola, dei compiti, di Marco, di Giulia, dei miei, ma non tocchiamo mai l'argomento spinoso che sappiamo entrambe, Giacomo e i suoi. Alla fine non resisto più.

«Insomma, Marta, non tenermi sulle spine, non è da te, voglio sapere cosa è successo.»

«Be', a dire il vero non mi è sembrato che fossi così interessata.» Rimane un po' sulle sue, forse si è davvero offesa.

Mi mordo la lingua imbarazzata.

«Non è come pensi, lo sai che sto passando un periodaccio. Scusa, ammetto che mi è passato di mente, ma questo non vuol dire che non ti penso.»

Lei rimane in silenzio e cammina veloce.

Aspetto che sia lei a parlare per prima, ma dopo cinque minuti di silenzio la incalzo di nuovo.

«Allora, cosa è successo con Giacomo, ci sei andata a letto o no?»

Lei mi guarda incerta, alla fine sorride e io mi rilasso.

«Allora?» insisto tirandola per un braccio.

«Sì, o perlomeno penso di sì.»

La guardo con aria interrogativa.

«Che vuole dire 'pensi'? Ci sei andata o non ci sei andata?»

«Diciamo che tecnicamente ci sono andata, o perlomeno lui dice di sì, nel senso che sono stata tutto il tempo così presa ad aspettare che succedesse qualcosa di significativo, ma così non è stato. Forse ero troppo nervosa e spaventata per capirci qualcosa.»

Sembra delusa; no, non delusa, infastidita. Sì, infastidita che tutte le fantasticherie fatte sull'argomento, che tutte le previsioni, sogni e immaginazioni fossero stati così brutalmente infranti.

«E come ti senti adesso?»

«Assolutamente uguale a prima.»

Dunque è un inganno? Perché, se alla fine non succede niente di speciale, è stato creato tanto mistero intorno a quest'argomento? Qual è il vero significato? Forse è solo simbolico, ma che dico... qualcosa realmente succede!

«Sei delusa da Giacomo?»

«No, lui non c'entra niente. È solo la strana sensazione che provi; la percezione di te stessa tra il prima e il dopo è la stessa, ma prima sei una cosa e poi sei un'altra. È una stupidaggine, e non lo è.»

Rimaniamo in silenzio mentre percorriamo via dei Banchi Nuovi, poi ci perdiamo nelle traverse e alla fine, non so come, ci troviamo al Pantheon; ma c'è troppa gente, così torniamo indietro passando per via della Scrofa.

«Ma sei comunque contenta di averlo fatto o sei pentita?»

«No, pentita no, anche perché Giacomo è stato così affettuoso, attento, delicato. È che sinceramente pensavo fosse diverso.»

«Diverso come?»

«Non lo so, ma immagina la situazione. Dal momento in cui dici sì, sai che sta per succedere, stai per non essere più 'quella cosa lì' e non capisci bene, senti un po' di fastidio e un leggero dolore, ma non sai se è questo che dovresti sentire oppure qualcos'altro. Insomma i tuoi sensi sono attenti a percepire l'attimo e poi un momento dopo, via, è finito tutto.»

«Forse però dipende con chi lo fai, oppure non era il momento giusto, non può essere?»

Lei alza le spalle.

«Io lo volevo fare con Giacomo e sono stata contenta che lui avesse più esperienza di me. Credo che con un coetaneo sarebbe stato un disastro totale. Pensa tutti e due nella stessa situazione; no, meglio qualcuno meno imbranato.»

Provo a immaginare me e Marco; chissà cosa sentirò in quel momento; sarà come dice Marta, un disastro, e noi saremo due imbranati? Forse sì, ma alla fine che importa? La cosa più bella è amarsi.

«Magari la prossima volta andrà meglio. Secondo me queste sono di quelle cose che migliorano a forza di farle, come i baci... non trovi?» provo a scherzare un po' per allentare la tensione.

«Non è mica un esercizio fisico!» risponde lei ridendo, un po' più a suo agio.

Intanto siamo arrivate davanti casa.

«E con i tuoi, va meglio?» le chiedo.

«Insomma, per il momento ci ignoriamo. Io continuo a non parlarci se non per l'essenziale e loro per il momento hanno smesso di ritornare sull'argomento Giacomo.»

«Lui che pensa di tutta questa situazione?»

«È dispiaciuto per me» risponde intristita.

In uno slancio l'abbraccio forte.

«Non te la prendere, tanto i genitori non ci capiscono mai fino in fondo» e penso ai miei.

«È vero. Solo Marco riesce sempre ad andarci d'accordo» aggiunge Marta.

Io faccio una faccia eloquente, come a dire che in effetti questa cosa non è normale, ma d'altronde ormai si è capito, lui è il ragazzo perfetto!

Ci salutiamo e mentre salgo le scale di casa penso che tra poco ci saranno le vacanze di Natale, finalmente, quest'anno ne ho proprio bisogno; anche se l'idea di rimanere a casa con tutta la famiglia per due settimane mi mette un po' di ansia. Meglio non pensarci, l'unica cosa che conta è che potrò stare più tempo con il mio amore.

Domani è l'ultimo giorno di scuola e la situazione con i miei si è aggravata; buffo che sia io che Marta ci troviamo in una situazione difficile in famiglia, anche se per motivi diversi. Io mi ostino a parlare pochissimo e ignoro completamente Giulia; ma faccio fatica, ogni tanto mentre passo davanti la camera dei miei sbircio dentro, sperando di vederla. Il tempo libero lo passo quasi sempre fuori casa oppure chiusa in camera mia. Oggi i miei hanno insistito perché cenassi con loro, volevano parlare delle vacanze di Natale; speriamo non vogliano andare tutti da qualche parte, penso agitata. Sono nervosa, d'altronde lo sono da un po' di tempo.

A volte mi ritrovo a pensare al bel rapporto che avevo con i miei prima dell'arrivo di Giulia e mi chiedo se non sono io a essere esagerata; possibile che sono gelosa di lei? Sono pentita di aver detto tutte quelle cattiverie a mia madre e in fondo non mi pesa poi tanto darle una mano in casa. Ma non è facile tornare indietro, ormai certe cose le ho dette e non si possono dimenticare. Certo però potrei smettere di essere così acida, come mi ha fatto notare, molto carinamente, Marta. Per non parlare di Marco che, ultimamente, cerca sempre di non contraddirmi, dicendo che sono diventata troppo suscettibile.

Mi alzo faticosamente dal letto e guardo fuori dalla finestra: piove e il cielo è completamente grigio; almeno nevicasse, ma non fa così freddo. Quest'anno non abbiamo fatto neanche l'albero di natale, penso, mentre mi allaccio le sneakers. Cavolo, solo adesso ci faccio caso, eppure è sempre stato un momento così emozionante andare a scegliere l'albero insieme a mio padre e metterlo in salone, vicino all'ingresso, in modo che possa essere visto appena si entra in casa. Le lucine dell'albero hanno sempre suscitato un fascino enorme su di me; fin da piccola mi ricordo che passavo ore e ore al buio seduta davanti l'albero a contemplare le luci che si alternavano: prima le campanelle, poi le stelle, poi ancora le casette e infine le candeline, e quando tu pensavi di conoscere la sequenza, ecco lì che cambiava qualcosa e partivano tutte insieme contemporaneamente e poi si accendevano a intermittenza, come il suono di un'orchestra.

Arrivo in cucina e trovo mio padre intento a tagliare le zucchine: per lui deve essere un compito che ritiene molto impegnativo. Ne prende una alla volta, la poggia sul tagliere, la taglia per lungo una volta, poi una seconda e infine ne fa tanti piccoli pezzettini. Ma la cosa assurda è che pretende di fare dei quadratini tutti uguali e così per ogni zucchina impiega, che ne so... dieci minuti? Sorrido, non sentendomi osservata.

«Ti aiuto?» gli chiedo cercando di essere carina; forse dopotutto posso concedere qualcosa.

«Sì, grazie, controlleresti l'acqua della pasta? Stasera pennette con le zucchine» risponde tutto soddisfatto.

«Buone, e poi?»

«Be', questo è il piatto forte, poi pensavo a una frittata con le patate, che ne dici?»

«Okay. Apparecchio?»

«Che ne dici se mangiamo in salone?»

Lo guardo di traverso; strano, in genere preferiamo cenare in cucina, forse perché la stanza è così accogliente, o forse perché è più pratico, se ti serve qualcosa è lì a portata di mano.

Sto per dire qualcosa poi cambio idea e così dopo

venti minuti siamo finalmente tutti e tre a tavola; Giulia dorme placidamente, a detta di mia madre. Mentre mangiamo li osservo di nascosto, hanno tutti e due ancora le occhiaie, mi sa che anche stanotte mia sorella non li ha fatti dormire.

«Allora domani è l'ultimo giorno di scuola, non sei contenta?» chiede mio padre.

«Sì, molto.»

«Per le vacanze hai molti compiti?» aggiunge mia madre.

«Abbastanza, anche perché sono due settimane tonde tonde» rispondo.

«Senti, noi ti abbiamo fatto un regalo per Natale...» continua mio padre.

Le mie antenne si alzano, la conversazione si fa interessante.

«Ah sì?»

«Sì, e pensiamo che sia meglio se te lo diamo subito» finisce mia madre tirando fuori una busta chiusa con un fiocchetto e mettendola davanti al mio piatto.

La guardo ma non ho il coraggio di aprirla, ho una strana sensazione. Perché non hanno aspettato Natale? Cosa contiene? Poi, coinvolta dal loro entusiasmo, l'afferro con mani tremanti, sciolgo il nastro e cercando di non rompere la busta ne apro un lembo.

Un biglietto d'auguri, sono perplessa; lo apro e leggo.

Cara Vale,
questi due mesi per te devono essere stati molto difficili e noi abbiamo sofferto molto a vederti nervosa e infelice, così abbiamo pensato di regalarti una bella vacanza di due settimane a Londra. Sì, hai capito benissimo, proprio in quella città che hai sem-

pre detto che ti piaceva tanto. Ci pensi che bello? La partenza è per questa domenica, da qui il motivo di darti il regalo oggi senza aspettare la vigilia. Andrai a stare da Mrs Norton, una simpatica signora inglese che abita proprio nel centro della città, vicino South Kensington. La cosa carina è che lei ospita già altre due ragazze della tua età, così non ti sentirai sola; in più Mrs Norton ti darà anche delle lezioni di inglese. Non ti sembra fantastico? Non hai sempre detto che volevi parlare meglio la lingua, in previsione dei tuoi mille viaggi futuri? Ecco, questa è la tua grande occasione.
Sperando di averti fatto felice,
Con amore
Buon Natale

Mamma e Papà

Silenzio nella stanza; tengo ancora la lettera tra le mani, ma dalla mia bocca non esce nessun suono. Vorrei urlare, sì, vorrei urlare a squarciagola, ma non riesco a parlare. Mi si è contratto lo stomaco e sento le lacrime arrivare copiosamente. Provo a trattenerle con determinazione, ma sembrano andare per conto loro.

Perché? Perché? Cosa ho fatto di male? Come gli è saltato in mente di farmi un regalo tanto brutto? Due settimane da sola in una città che non conosco! Aaah... urlo, ma la mia bocca rimane silenziosa. Allora è vero, non ho esagerato; adesso che è arrivata Giulia non mi vogliono più tra i piedi. Sostituita come una scarpa vecchia. Com'è ingiusta la vita, e io che mi ero anche pentita di quello che avevo detto in questi giorni. Sento la rabbia salirmi dentro; provo a contenerla ma ora sto per esplodere.

«Non ci voglio andare» questo è tutto quello che riesco a dire.

I miei si scambiano uno sguardo.

«Vale, forse non hai capito bene, sono due settimane a Londra, nella città che ami di più.»

«Sì, ho capito benissimo, anzi fin troppo: mi state mandando via per due settimane, vale a dire per tutte le vacanze di Natale. Come vi è venuto in mente? Senza neanche avermelo chiesto, e vorreste farmela passare come una cosa divertente. Bel regalo, complimenti» riesco finalmente ad aggiungere, mentre gli occhi si riempiono, mio malgrado, di lacrime.

«Ma noi pensavamo di farti una bella sorpresa. L'unica cosa che forse sapevamo non avresti preso molto bene erano le lezioni di inglese, ma tutto il resto...»

«Be', vi siete sbagliati, io non ci vado, non voglio partire.»

«Ma è il nostro regalo» aggiunge mio padre.

«Non lo voglio il vostro regalo» continuo ormai fuori di me lanciando la lettera sul tavolo.

«Vale, mi sembra che stai esagerando» continua mio padre alzandosi dalla sedia.

«Sto esagerando? La verità è che non ve ne importa niente di me, ecco la verità, volete solo sbarazzarvi di me.»

«Ma non dire stupidaggini, perché tutte queste sciocchezze? Ma che ti prende? Perché fai la bambina?» interviene mia madre.

Non ci credo, non ci posso credere, penso mentre la prima goccia si fa largo sul mio viso. No, no, no, non devo piangere, non voglio piangere.

«Non è vero che sto facendo la bambina.»

«Sono sicura che domani vedrai le cose in maniera più rilassata; dormici sopra» aggiunge mia madre.

«Tanto non cambio idea, io non parto, riprendetevi il vostro regalo» rispondo battendo i piedi per terra.

«Vale, adesso basta, smettila. Vai in camera tua, ne

riparliamo domani con più calma» conclude mia madre mentre si alza e comincia a sparecchiare.

«Siete cattivi, sì, siete cattivi e ingiusti» urlo mentre le lacrime scendono senza tregua e i singhiozzi mi frammentano le parole.

Mio padre si alza dal divano, mi abbraccia forte e mi bacia sulla testa.

«Shh, Vale, non fare così; non voleva essere una punizione. Calmati, non piangere, non è come pensi. Noi non vogliamo mandarti via... pensiamo solo che farti cambiare aria ti faccia bene: sei troppo nervosa, irascibile, prendi tutto per il verso sbagliato, tu che sei invece così solare, positiva, piena di allegria. Noi siamo stati molto male a vederti soffrire in questo modo, non pensavamo che la nascita di tua sorella ti avrebbe traumatizzato tanto. E se abbiamo fatto delle cose che ti hanno fatto soffrire ci dispiace. Lo sai quanto ti vogliamo bene.»

Parole, solo parole. I fatti sono che mi state allontanando per godervi in pace Giulia, senza la rompiscatole tra i piedi. Mi sciolgo dall'abbraccio e senza riuscire ad aggiungere altro me ne vado in camera mia e chiudo la porta alle spalle.

Tanto non ci vado: pensino pure quello che vogliono, io a Londra due settimane non ci vado, e mi lascio sommergere dal piumino.

«Marco, smettila di essere sempre così razionale, vorrei vedere te al posto mio. Come puoi dire che potrebbe essere un'esperienza bellissima? Io non voglio partire, non ci penso proprio, non me ne importa niente di andare a Londra due settimane a casa di una sconosciuta. Non che il viaggio in sé non mi sarebbe piaciuto, ma non così. Forse in un altro momento, e per giunta senza avermelo neanche chiesto; no, guarda, è inutile che cerchi di sdrammatizzare, la verità è che hanno dimostrato di non volermi bene e non considerarmi affatto.»

Siamo seduti su una panchina di Villa Borghese, e anche se fa freddo non ci badiamo. Mi sento depressa e neanche la presenza di Marco questa volta sta avendo l'effetto desiderato. Il suo braccio mi circonda e mi stringe forte.

«E poi sembra non te ne importi nulla del fatto che staremmo due settimane lontani senza vederci. È così che mi vuoi bene?»

«Smettila, certo che starò malissimo; ma se i tuoi hanno deciso così, cosa posso farci io?»

Ho un moto di stizza e mi alzo in piedi. Uffa, a volte vorrei quasi prenderlo a schiaffi.

«Dove vai?»

«Non lo so, voglio muovermi.»

Mille pensieri affollano la mia mente. Camminiamo un po' rimanendo in silenzio, seguo il rumore che i nostri passi fanno sulla ghiaia. Perché improvvisamente mi sembra che il mondo stia girando al contrario? Perché non riesco più a stare bene? Cosa mi sta succedendo?

Marco mi accarezza la mano e io lascio che il suo calore si irradi dentro me; mi devo concentrare su di lui. Anche se a volte vorrei fosse diverso, più audace e intraprendente, ciò non toglie che mi piace così tanto, e lui mi vuole così bene; non è giusto angosciarlo con tutti i miei problemi.

«C'è qualcosa per cui saresti disposto a fare una pazzia?»

«Che domanda è?»

«Voglio sapere se c'è qualcosa per cui saresti disposto ad andare contro tutti, anche i tuoi genitori, pur di ottenerla.»

«Per te farei qualsiasi cosa» mi risponde con slancio.
«Fino a che punto?»
«Non capisco dove vuoi arrivare.»
«Tipo fuggire con me domani?»
Lui si ferma e mi guarda negli occhi.
«E dove andresti? Io e te da soli?»
Siamo vicinissimi, e per una frazione di secondo leggo lo sgomento nei suoi occhi. Paura, ansia, incredulità? Sembra spaventato. Lo abbraccio forte e lo bacio, mi fa una tale tenerezza.

«Stavo scherzando» rispondo ridendo, ma una minuscola parte di me è rimasta delusa.

Già, ma poi perché? In fondo sarebbe una follia, dove potremmo andare senza un soldo e senza meta, così alla ventura? Ma è bello ogni tanto avere idee un po' pazze; anche perché se le stranezze non te le permetti neanche con la'immaginazione, non diventa tutto troppo scontato? Allora cosa andiamo a fare al cinema, oppure perché leggiamo un libro? Per far volare la fantasia, è ovvio.

Straparlo, lo so, tutte queste emozioni mi hanno dato alla testa.

Affondo la testa nel petto di Marco e mi faccio cullare. Perché non è tutto così perfetto? Perché...?

Il viaggio a Londra

Non c'è stato niente da fare, i miei sono stati irremovibili; mi hanno ascoltato ancora, ne abbiamo riparlato, abbiamo litigato di nuovo, ma alla fine la loro decisone è rimasta la stessa: devo partire. Mi sento come svuotata e mi muovo quasi assente nella mia stanza. Devo preparare la valigia, ma sono tutta scombussolata, non posso credere che sta succedendo proprio a me e che domani parto davvero. Io che, a differenza di Marta, amo la mia città, il posto dove abito e i miei amici, vengo mandata, così, un po' allo sbaraglio, in una città sconosciuta e per giunta a parlare una lingua che non è la mia. Marta quando l'ha saputo è rimasta più sconvolta di me e mi ha giurato che farà di tutto per venirmi a trovare con Giacomo; che carina, lo so che non succederà, ma solo il fatto che ci abbia pensato mi ha fatto stare bene.

Prendo il piumino e lo poggio sul letto; un senso d'abbandono mi sommerge e le lacrime riprendono a scendere inesorabili. Se mai avrò dei figli, non gli farò mai un torto simile, non li manderò mai da nessuna parte senza il loro consenso. Mi siedo per terra e metto la testa tra le gambe; ondeggio su e giù cercando di calmare l'ansia che continua a tenermi lo stomaco contratto. Deve succedere qualcosa, alla fine capiterà un evento che non mi farà più partire. Come farò senza vedere Marco per tutto questo tempo? Già mi manca solo al pensiero.

Mi rialzo e tiro fuori quattro, cinque maglioni e li butto dentro la valigia alla rinfusa. Poi afferro una manciata di magliette e le lancio sopra il resto dei vestiti. Faccio tutto come un automa, mi sento come se il corpo e la mente andassero in direzioni opposte.

Per fortuna non faccio il viaggio da sola, per un attimo ho temuto anche questo. Mio padre aveva già comprato un biglietto aereo per accompagnarmi da Mrs Norton, parlare con lei, vedere la stanza e ripartire la sera stessa: non sarà troppo?

Marco bussa alla porta, entra e richiude.

«Allora, hai già fatto la valigia?»

Annuisco mentre infilo le ultime cose nel borsone.

Mi abbraccia da dietro mentre mi bacia il collo.

«Come faccio a non vederti per tutto questo tempo?» sussurro.

«Non ci pensiamo, altrimenti è peggio. Potrò chiamarti sul cell, ti prende laggiù?»

Oddio, non ci ho pensato, ma immagino di sì, l'anno che con tutta la famiglia siamo andati in vacanza in Francia non mi ha dato problemi.

«Devo solo farmelo ricaricare dai miei, però magari ci possiamo scrivere un po' di sms.»

«Magari se ti apri una casella di posta elettronica... che ne dici, sarebbe ora» risponde Marco sarcastico.

«Perché non parti con me? Pensa che bello, potremmo stare insieme da soli per due settimane.»

«Ma non ho soldi, e poi come farei con il biglietto aereo, per non parlare del dormire, non potrei stare certo da te.»

Non è solo questo, so che non lo farebbe mai. Sospiro irritata.

«Sempre scuse, giustificazioni, mai uno slancio. Marta quando l'ha saputo non ci ha pensato due volte a dire che si sarebbe organizzata per venire e trovarmi. Tu invece, sempre 'sì, ma...'. Non c'è mai una volta che mi dici: 'ci provo' oppure 'mi invento qualcosa'. Magari conosci qualcuno a Londra che potrebbe ospitarti, tipo un compagno di scuola o della squadra di pallanuoto; per non parlare degli aerei che ormai non costano più neanche tanto. Ma tu a priori dici 'no, mi dispiace ma non posso'.»

Lui si stacca dall'abbraccio e lo vedo infastidito.

«Smettila di attaccarmi sempre, se non ti piaccio come sono dimmelo. Da quando c'è questo casino con i tuoi sei diventata insopportabile. Non ti sta bene niente e poi non perdi occasione per provocarmi. Ma che ti ho fatto? Cosa c'è che non va?»

Lo guardo allibita.

«Cosa c'è che non va? Ma stai scherzando...? Ti sei forse dimenticato che domani parto per quindici giorni? Che i miei hanno deciso, senza mettermi al corrente, di cacciarmi di casa.»

«Quanto sei drammatica! Non è così, ti mandano solo a passare Natale e Capodanno fuori. D'altronde l'hai detto tu stesso che eri preoccupata di passare le feste con loro. E non sei stata sempre tu a dirmi che è da più di una settimana che rimani fuori casa il più a lungo possibile, pur di non stare con loro?»

«Cosa c'entra, è diverso e comunque potevano almeno chiedere il mio parere» rispondo piccata.

Lui sospira e si passa una mano tra i capelli.

«Senti, non ho voglia di litigare con te, mi sembra una follia. Sono così contento quando ti vedo, ti sento; ti prego, non roviniamo tutto. Non mi va di litigare il giorno prima della tua partenza.»

E con uno scatto si avvicina di nuovo e mi attira a sé.

«Io starò qui ad aspettarti, conterò i giorni che mancheranno al tuo ritorno e impazzirò all'idea di saperti lontana da me. Chissà cosa farai, quanti ragazzi conoscerai, promettimi che non ti dimenticherai mai di me.»

Affondo il viso nel suo collo e l'abbraccio forte. Inalo il suo profumo di mughetto, di pino, di spezie. Non voglio partire, non voglio staccarmi dal suo abbraccio per nessuna cosa al mondo; vorrei... vorrei che mi prendesse e portasse via lontano, in un posto dove poterci amare per sempre. Vorrei averlo fatto, sì, proprio quella cosa lì; vorrei averla fatta, o forse vorrei farla ora. Lo so che sembra una follia, e forse lo è veramente ma vorrei sentirmi ancora più vicina a lui, fargli sentire quanto lo amo, quanto mi piace. Ho paura, ho paura che questa lontananza possa cambiare qualcosa. E se quando torno non mi ama più? Se nel frattempo conosce un'altra ragazza e poi mi lascia? Ne morirei, sono sicura, potrei impazzire.

Rimaniamo così abbracciati, cullati uno dall'altro. Le sue mani mi accarezzano piano la schiena.

«Ma tu mi ami veramente?»

«Sì, ti amo, e tu?»

«Anche io, tanto.»

Lo sento sorridere.

«Non vedo l'ora che torni, anche perché a quel punto mancheranno solo trentasette giorni al nostro appuntamento.»

«Abbiamo fissato un appuntamento così a lungo termine?»

Lui si stacca un po' senza lasciarmi andare e mi guarda serio.

«Non fare scherzi.»

«In che senso?»
«Hai promesso!»
«Ma cosa?»
«Hai detto che l'avremmo fatto il giorno di San Valentino.»
Rido divertita. Fantastico, Marco le cose le prende alla lettera, se gli ho detto quella data lui aspetta paziente quel giorno. Non è che magari se capita prima una situazione propizia ne approfitta; no, per lui una parola data è quella!
Lo prendo un po' in giro.
«Ma io l'ho detto così per dire, magari quel giorno non mi sentirò ancora pronta, chi lo sa!»
«Non ci provare neanche, ogni giorno mi alzo contando i giorni che rimangono, e poi ho già cominciato a organizzare la serata.»
Lo guardo stupita.
«Addirittura, ma mancano quasi due mesi.»
«Per la precisione, cinquanta giorni.»
«Un'eternità!»
«A chi lo dici!»

«Signore e signori, tra pochi minuti atterreremo all'aeroporto di Stansted, vi preghiamo di rimanere seduti con le cinture allacciate e controllare che lo schienale della poltrona sia in posizione verticale e il tavolinetto chiuso.»
Rimango con la fronte poggiata al finestrino e osservo l'aereo infilarsi in una coltre di nuvole; piove e il cielo è completamente coperto da uno strato di nuvole dense e grigie. Dopo aver recuperato il bagaglio seguiamo il flusso delle persone in direzione dei treni.
Mi guardo intorno guardinga, per i prossimi giorni questo sarà il mio Paese. Mio padre per tutto il

viaggio ha dormito e anche adesso sonnecchia appoggiato allo schienale della poltrona. Mi sa che Giulia li ha proprio stesi!

Guardo fuori mentre il treno corre veloce e ripenso al saluto con Marco. Ci siamo emozionati tutti e due e a me è scappata anche una lacrima. Prendo il cell e gli scrivo un sms, 'Già mi manchi', e aspetto con ansia che il messaggio parta. Dopo interminabili secondi mi appare 'messaggio inviato'; uhau mi ricordavo bene, funziona. 'A chi lo dici! Quando torni :-D?'

Sento mio padre che dice: «Ti funziona, l'hai già provato?»

Alzo la testa e incrocio i suoi occhi, e mio malgrado sorrido.

«Sì.»

«Sono contento. Mi raccomando, non ti fare problemi, chiama quando vuoi e se ti finisce il credito lo ricarichiamo noi da Roma.»

«Okay.»

«Lo so che sei ancora arrabbiata con noi, ma cerca di prenderla in modo positivo: metti da parte tutto il resto e lasciati andare a questa bella vacanza.»

«Papà, come fai a dire una 'bella vacanza'? Farò tre ore d'inglese tutti i giorni e in più ho anche i compiti per la scuola. Non vedo proprio come potrei divertirmi.»

«Per me entro due o tre giorni comincerai a uscire con le tue nuove amiche. Non sei un po' elettrizzata?»

Direi più che altro depressa. Ma non apro bocca.

Arriviamo finalmente, dopo un'ora abbondante, a casa di Mrs Norton. Suoniamo, e dopo pochi istanti ci apre una signora alta e magra con i capelli neri legati da un fazzoletto. Porta una gonna ampia a balze, una camicia a fiori e sopra uno scialle di lana. Ai polsi ha almeno venti braccialetti con dei ciondoli di varie forme. Sopra gli occhi azzurri ha messo uno strato bello corposo di ombretto dello stesso colore dei suoi occhi, e sulle labbra carnose spicca un rossetto rosso porpora. Ma dove sono capitata, penso sempre più preoccupata, sembra una di quelle che leggono i tarocchi!

«Hello!» esordisce alzando le braccia; be', almeno sembra simpatica.

«Nice to meet you, Mrs Norton» esordisce mio padre allungando una mano.

«Finally; nice to meet you» risponde e poi guardando nella mia direzione: «You should be Valentina, shouldn't you?»

Sorrido imbarazzata «Yes, iy's me. Nice to meet you, Mrs Norton.»

Tre grossi gatti paffuti appaiono dietro la sua gonna.

«They are my sweety, Sandy, Sunny and Winny.»

Io e mio padre ci scambiamo uno sguardo furtivo.

«Come in, please. Did you have a good trip?» chiede mentre ci fa accomodare in un ampio salone offrendoci del tè e biscotti fatti in casa. Il suo profumo alla violetta potrebbe stordire anche un cavallo, penso mentre mi guardo intorno incuriosita. Dopo averci spiegato le regole della casa, ci porta a visitarla. Saliamo una rampa di scale e appena in cima a sinistra si trova la sua camera da letto con bagno annesso; a destra invece c'è un'altra stanza con un secondo bagno, quella che dividerò io con le altre ragazze. Con orrore guardo la moquette a terra e un vago odore di muffa mi conferma che la scelta non sembra molto azzeccata. Riscendiamo ed entriamo in cucina, che si trova di fronte al salone; c'è anche una piccola veranda che funge da studio, con una scrivania, un paio di poltrone e una libreria che gira su due lati.

Sto portando su la valigia, quando si apre la porta d'ingresso ed entrano due ragazze, più o meno della mia età.

«Hi Girls, we were waiting for you. Can I introduce you Valentina, your new roommate?»

Loro due mi guardano e sorridono.

Una è alta, capelli castani, occhi azzurri e decisamente robusta; l'altra invece sembra di origine asiatica, anche se con dei tratti europei; alta come me, magra, con capelli neri lunghi e occhi a mandorla.

«Hi, my name is Anneke» risponde la prima.

«Hi, my name is Mashita» aggiunge l'altra.

Ricambio il sorriso ma vorrei fuggire via; Marta, perché non sei qui con me? Come faccio a parlare in inglese e capirlo per due settimane?

Mentre mio padre e la signora si allontanano verso la cucina, loro due mi aiutano a portare i bagagli in camera. La stanza è spaziosa, ci sono due letti a castello e un armadio con una grande cassettiera. I letti rimasti liberi sono quelli in alto e così scelgo quello vicino alla finestra, sopra Mashita. Mentre sistemo i vestiti mi riempiono di domande; da dove vengo, quanti anni ho, quanto tempo rimango lì, che scuola faccio. Scopro che Anneke è olandese e ha diciassette anni e Mashita, di madre indonesiana e padre tedesco, ne ha sedici. Vanno tutte e due all'università, ma in questo periodo, come noi, sono in vacanza. Capisco subito che Anneke è una ragazza sempre a caccia di ragazzi, feste, party, aperitivi mentre Mashita è timida e introversa.

Dieci minuti dopo io e mio padre siamo di nuovo in strada. Mancano ancora un paio d'ore prima che lui vada in aeroporto, così prendiamo la metro e scendiamo a Covent Garden.

«Allora, che impressione hai avuto? Come ti sono sembrate le tue nuove compagne?»

«Non lo so ancora, ma mi sembrano simpatiche.»

«E Mrs Norton?» mi dice ridacchiando.

«Bella strana... Hai visto come era vestita? E poi tutti quei gatti, speriamo non entrino nella mia stanza. Ma proprio lei mi farà le lezioni di inglese, sei sicuro?»

«Assolutamente sì, ce l'hanno consigliata Antonella e il marito; la loro figlia è stata qui quest'estate e si è trovata benissimo.»

Allora siamo a posto, penso sempre più scettica, conoscendo la figlia...

«Senti, voglio che mi prometti di fare attenzione; lo so che non c'è bisogno di ricordartelo, ma non voglio stare in pensiero. Non andare in giro la sera, non uscire con gente che non conosci. E poi non salire mai, per nessuna ragione, in macchina con qualche sconosciuto.»

«Papà, non ho mica dieci anni, lo so cosa devo fare, non ti preoccupare.»

«Sì, lo so, è che magari stando qui da sola puoi lasciarti andare e commettere qualche stupidaggine. Voglio solo non ti succeda niente» aggiunge prendendomi la mano.

Che succede, improvvisamente si preoccupa per me?

«Ricordati di scrivere su un foglio il nome di Mrs Norton, il suo indirizzo e numero di telefono; poi anche i due cellulari delle tue compagne di stanza. E porta sempre con te la mappa di Londra e quella della metro» continua lui.

Lo guardo sorridendo, sembra così agitato: si

direbbe quasi pentito di avermi fatto venire qui. Io invece mi sento stranamente calma. Sarà la città così piena di luci o forse la novità, l'atmosfera natalizia, oppure è solo l'incoscienza, e domani mi sveglierò con un nodo alla gola.

«Papà, te lo prometto, starò attentissima.»

Alla fine, nonostante quello che mi hanno fatto, non riesco più di tanto a essere arrabbiata con loro. Cioè, ci sono rimasta malissimo appena ho letto il biglietto, ma solo perché avevano deciso senza di me; se solo l'avessi saputo prima potevo organizzarla meglio, magari con Marta, e allora sì che sarebbe stata tutta un'altra storia. Ma così da sola, senza conoscere nessuno... e poi volevo passare tutte le vacanze facendomi coccolare da Marco!

Rimaniamo seduti tutto il tempo ai tavolini di un locale di Covent Garden finché arriva il famoso momento dei saluti. Eh sì, perché per me quel momento è una tragedia, nel vero senso della parola. Ogni volta mi commuovo in modo esagerato, sia che parta io o qualcun altro. Se ho già la lacrima facile, in queste circostanze divento una fontana.

«Mi mancherai tantissimo, tesoro, Natale senza di te non sarà lo stesso» inizia mio padre.

E allora perché mi avete mandato via?, penso sempre più confusa. Mi viene un nodo alla gola e vorrei fuggire. Lui colma lo spazio tra di noi, mi abbraccia forte e io mi sento piccola e indifesa.

«Ti voglio tanto bene e non vedo l'ora di riabbracciarti» dice mentre mi bacia i capelli.

«Anch'io» riesco a sussurrare e senza riuscire a guardarlo in viso mi giro e corro via mentre lascio andare le lacrime.

Sono passati tre giorni dal mio arrivo e Mrs

Norton, come avevo immaginato, si rivela molto simpatica; certo ha tutte le sue regole fisse, ma a parte questo è una che non si fa molti problemi. La mattina mi alzo alle otto e scendo a fare colazione. Dopo il primo giorno ho capito che non facevano per me il bacon con le uova strapazzate e così ho ripiegato sui toast con burro e marmellata, succo d'arancia e latte con i cornflakes. Alle nove comincio le lezioni nel suo studio, che finisco alle dodici; poi mi preparo qualcosa oppure mangio un panino. Verso le due esco e mi faccio un giro per il quartiere; comincio solo ora a prendere dimestichezza con la zona e non me la sento di allontanarmi. A volte se Mashita non ha da fare la raggiungo in biblioteca, dove passa pomeriggi interi. Per il momento ho fatto amicizia più con lei che con Anneke, che non si vede quasi mai; spesso esce la mattina presto, la vedo dalla finestra quando si fa passare a prendere ogni volta da un ragazzo diverso.

Anche se è faticoso parlare tutto il tempo in inglese, mi piace molto, ogni giorno scopro qualcosa di nuovo; una parola, un modo di dire, un verbo.

La vigilia di Natale, Mrs Norton ci ha invitate tutte a casa della famiglia della sorella, ma quando a mezzanotte ci siamo scambiati i regali mi è venuta una tale tristezza, mi trovavo lì da sola senza la mia famiglia, con in mano un pacchetto regalatomi da sconosciuti. Ho scritto un sms a Marco per distrarmi e lui mi ha mandato tanti cuoricini, che tesoro; non so proprio cosa farei senza il suo amore!

«Che ne dici se andiamo a fare un giro a Piccadilly Circus?» mi chiede Mashita il pomeriggio dopo.

«Magari, però prendiamo l'autobus! Mi piacerebbe sedere al piano di sopra e guardare la città dall'alto» rispondo felice.

Mentre osservo Hyde Park attaccata al finestrino, vengo a sapere che Mashita si è lasciata da poco con George, un ragazzo inglese conosciuto all'università. Sono stati insieme due anni, poi lui ha perso la testa per un'altra ragazza finché un giorno lei li ha scoperti mentre si baciavano; si vede che ne soffre ancora solo a parlarne.

«E poi perché vi siete lasciati?» le chiedo.

Lei mi guarda offesa e parte con un discorso sulla sincerità e sul tradimento. Adesso si è talmente infiammata che non riesco a seguirla, sta parlando troppo veloce. Mi perdo dei pezzi, anzi più d'uno, ma non oso interromperla, si è così accalorata che rimango in silenzio e ogni tanto annuisco. Poi lei si zittisce e mi guarda interrogativa.

Ecco lo sapevo, penso nervosa; mi deve aver fatto una domanda... e ora che faccio?

Potrei far finta di essermi distratta, oppure cercare qualcosa nello zaino. Ma non posso, lei continua a fissarmi implacabile e così alla fine la guardo sconfitta.

«I'm sorry, Mashita, I don't understand» rispondo arrossendo.

Lei parla di nuovo, ma io continuo a non capire, ormai il cervello sembra come paralizzato.

Alla fine Mashita scuote la testa, sorride e indica fuori dal finestrino: per fortuna siamo arrivate. È ora di scendere!

Come sono sul marciapiede rimango a bocca aperta a guardarmi intorno; sembra un sogno, tutte quelle insegne che si accendono come luci psichedeliche, un via vai di gente pazzesco, uhau ragazzi, è fantastica, da perderci la testa! Eh sì, Londra è Londra, non può non piacerti, è talmente strana. Intanto parlano un'altra lingua, ma questo succede in tutti i Paesi che non siano l'Italia; ma la cosa che più mi piace è il suo aspetto cosmopolita, la sua multirazzialità, per non parlare della carica che ti trasmette. Puoi fare talmente tante cose, muoverti senza problemi, ci sono un centinaio, ma che dico, un migliaio di linee della metro, altro che le nostre due! Poi gli autobus rossi a due piani, le vecchie cabine telefoniche, quelle che vedi in tutte le cartoline; per non parlare dei taxi neri, della strana guida a destra... insomma, è tutto diverso. Ma non solo, arrivi a Chinatown e rimani affascinato, una città dentro un'altra città, come le scatole cinesi; scritte, vestiti, cibi, tutto rigorosamente cinese, sembra di essere proprio in Cina!!!

Mashita mi tira per la giacca e così ci inoltriamo per delle viuzze strette, e lei mi spiega che ci troviamo a Soho, in una zona molto alla moda. Mi perdo a guardarmi intorno, ogni tanto faccio dei gridolini estasiati. Alla fine arriviamo in un'altra piazza molto grande.

«C'è l'Häagen-Dazs, Mashita! Ci prendiamo un gelato alla crema con noccioline pralinate e pezzetti di mou?» riesco a dire in inglese. Alla fine torniamo a casa che mi sono mangiata, oltre al gelato, un cartoccio di noodles con pollo al curry e dei fantastici biscotti con pezzetti di cioccolato. Mi sento piena come un uovo, se continuo di questo passo torno a casa rotolando, penso con una leggera sensazione di nausea.

I gatti di Mrs Norton ci accolgono strofinandosi addosso alle nostre gambe; la loro padrona non deve essere ancora tornata.

«Ehi, ragazze, come state, da dove venite?» dice Anneke distesa sul letto e finiti i nostri racconti entusiasti ci aggiorna sulla sua ultima conquista, un ragazzo australiano conosciuto il sabato precedente a una festa.

«Perché non facciamo qualcosa insieme domani

sera? Potrei dirlo anche ad Andrew e a un paio di suoi amici; sarebbe carino, no?»

«Ma io non posso uscire dopo le otto» rispondo.

«Sì, lo so, ma forse se diciamo a Mrs Norton che verrai con noi ti lascia andare; non è cattiva la tipa, è solo un po' svampita.»

Guardo Mashita.

«No, io non vengo, non mi piacciono le uscite organizzate.»

«Ma dài, così mi fai compagnia» insisto.

Lei mugugna qualcosa poco convinta, poi alla fine accetta.

Beep messaggio... Marco, finalmente! Oggi gli ho scritto almeno trenta volte e lui non mi ha mai risposto; possibile che solo dopo pochi giorni si è già dimenticando di me?

'Mi sono arrivati tutti i tuoi sms solo ora. Sono appena tornato dagli allenamenti; qui tempo da schifo e tu mi manchi da morire, vorrei che fossi qui vicino a me.'

Sospiro sorridendo.

«Fidanzato?» chiede con sguardo indagatore Anneke.

«Sì.»

«E com'è, carino?»

«Bellissimo!»

Loro si entusiasmano e mi chiedono come si chiama, quanti anni ha, com'è fatto, da quanto stiamo insieme. Alla fine, cercando sul cell, trovo una foto noi due di quest'estate al mare.

«Ma è proprio carino, perché non gli dici se ti viene a trovare, così possiamo conoscerlo?»

Una piccola fitta di gelosia si fa sentire; non ci penso proprio, dico mentre continuo a sorridere.

* * *

Mrs Norton alla fine accetta a patto che torni non più tardi delle nove.

Sono un po' agitata all'idea di parlare inglese tutta la sera con tanta gente, una persona alla volta ce la posso fare e anche se non capisco qualcosa poco importa, ma con un ragazzo è un'altra storia; e poi chissà come sono questi amici di Anneke. Vorrà dire che al massimo parlerò con Mashita.

Usciamo da casa verso le sei e prendiamo la metro. Scendiamo a Leicester Square e lì dopo due minuti entriamo in un pub. È già affollato e la musica è molto alta; avanziamo tra la gente e alla fine Anneke si avvicina a un gruppo che si sta sbracciando.

Sono tre ragazzi e una ragazza, tutti seduti al bancone che bevono birra.

Dopo esserci presentati, prendo una Guinness piccola. Primo errore: dopo soli due minuti la testa comincia a girarmi. Ci sediamo al tavolo e loro ordinano hamburger e patatine fritte; io invece vengo attratta da un altro piatto che mi sembra più interessante, il pudding; buono, penso, deve essere un dolce; ma sì, prendo questo, meglio tenersi leggeri. Secondo errore.

Anneke è già alla sua terza birra e il tono della voce lo dimostra, ma gli altri non sembrano farci caso. Mashita invece rimane sempre silenziosa, giusto ogni tanto fa qualche commento, ma per il resto si vede che è annoiata.

«Tu sei la nuova compagna di stanza di Anneke, vero?» mi chiede il ragazzo vicino a me.

Annuisco.

«In Italia dove abiti?»

«A Roma, ci sei mai stato?» chiedo superando l'imbarazzo e stando attentissima a quello che dico.

«Certamente, l'adoro.»

Finalmente l'arrivo dei piatti mette fine alla conversazione. La cameriera poggia davanti a me una cosa enorme dall'aspetto inquietante.

«Questo non è per me, io ho ordinato il pudding.»

«È questo il pudding» risponde lei leggermente seccata.

Guardo il mio piatto terrorizzata; è una specie di pallone di pasta sfoglia con tutto intorno uno strato denso di sugo di carne. Ma che cavolo ho preso? Io volevo un dolce, non questa cosa qui! Guardo di sfuggita gli altri, che per fortuna non sembrano essersi accorti del mio imbarazzo; stanno addentando il loro hamburger così invitante, ma perché non l'ho ordinato anche io? Magari il mio piatto è buonissimo, penso per darmi coraggio; così con slancio affondo la forchetta nella palla, che si rompe, ed esce fuori una cosa indecifrabile. Indietreggio schifata.

«Qualcosa non va?» mi chiede il ragazzo vicino.

Lo guardo e provo debolmente a sorridere.

«Tutto a posto, è solo bollente.»

Poso di nuovo lo sguardo sul piatto e il disgusto aumenta. Non posso farcela, se lo assaggio mi sento male. Non riesco a capire bene cosa sia, un miscuglio di carne, interiora e qualcos'altro mi guarda. Chiudo gli occhi un momento, poi con aria sconsolata prendo un pezzo di carne e me lo porto alla bocca, e senza neanche masticarlo lo mando giù intero. Respiro e poi bevo un altro sorso di birra. Quando gli altri hanno finito di mangiare da un pezzo, io sono ancora al terzo boccone e dei rivoli di sudore mi scendono lungo la schiena. Mashita mi chiede se mi piace il piatto tipico del Paese; faccio una smorfia abbastanza eloquente e lei scoppia a ridere. Intanto l'aria si è scaldata, Anneke fa le fusa ogni due secondi e si butta sempre addosso ad Andrew. Riesco a malapena a capire cosa dicono, la mia testa è ancora concentrata su quel mostro semiliquido che mi perseguita. Mi guardo intorno per riprendere fiato e mi accorgo che il pub brulica di gente con il boccale in mano: ma quanta birra bevono gli inglesi? Avranno taniche e taniche nascoste da qualche parte. Molti hanno il viso arrossato e il rumore di bicchieri è sempre più assordante. I più strani sono quelli seduti al bancone con il boccale davanti, si vede che sono dei frequentatori assidui, lo si capisce dalle loro pance enormi.

In quel momento Anneke si alza dalla sedia e con sguardo vacuo si dirige verso il bagno. Colgo la palla al balzo, poggio il tovagliolo sul piatto, coprendolo, e le vado dietro: terzo e fatale errore.

«Allora, come ti sembra Andrew, non è fico?»

«Molto carino.»

«E che ne dici del suo amico, quello vicino a te? Ci hai fatto un pensierino?»

La guardo interdetta.

«Veramente non ci ho proprio pensato» rispondo.

«Be', pensa in fretta che la cena sta per finire. Secondo me lui ci sta.»

Ma di che parla? Non ci penso proprio a provarci con un ragazzo appena conosciuto.

«Ti sei dimenticata che ho un fidanzato?»

Lei fa un vago gesto della mano come a intendere che non ha molta importanza.

Mi inalbero; ma come si fa a pensare una cosa del genere?, sto per ribattere, quando entra l'altra ragazza del gruppo.

Lei e Anneke si mettono a discutere, e dal tono della voce intuisco che stanno litigando, ma non riesco a capirne il motivo, forse Andrew? Anneke adesso urla mentre si aggiusta il trucco, ma l'altra, per niente intimidita, con un gesto di stizza apre il rubinetto dell'acqua e la schizza. In un attimo c'è il caos, Anneke l'afferra per i capelli e le affonda il viso nel lavandino. Urlo terrorizzata, non mi era mai capitata una rissa tra donne in un bagno pubblico. E adesso che faccio? Devo chiamare qualcuno? Mi appiattisco al muro non riuscendo a muovere un dito. L'altra, per rimanere in piedi, si afferra alla camicetta di Anneke, che si rompe mostrando le forme decisamente abbondanti della mia compagna di stanza.

Rasentando il muro scivolo verso la porta, sto per afferrare la maniglia quando mi sento tirare per una gamba e cado rovinosamente a terra. Che schifo, sarà tutto sporco, penso, mentre con il mento sbatto su qualcosa di molto duro. Mi aggrappo al lavandino e mi rimetto in piedi.

«Ragazze, fermatevi» urlo, ma nessuna delle due mi dà ascolto, così provo ad avvicinarmi per calmarle, chiamo Anneke per nome e lei per un attimo allenta la presa, ma l'altra, approffittando di quel momento, le molla uno schiaffo in piena faccia.

«Nooo» urlo, mentre Anneke, perdendo l'equilibrio, mi cade addosso e tutte e due finiamo rovinosamente a terra. La polizia, chiamata dal proprietario, ci trova così dieci minuti dopo; fatta irruzione nel bagno, gli agenti mettono fine alla scenata. A nulla sono valse le deboli proteste per spiegare la mia estraneità ai fatti; loro, senza tante storie, ci hanno afferrato tutte e tre e scortate fuori. Al nostro passaggio tutto il locale si è girato a guardarci mentre passavamo: che vergogna, mi sono sentita una ladra! Alla fine, solo dopo varie suppliche e una bella ramanzina, che per fortuna non ho capito, ci hanno lasciato andare. Non ho parlato con Anneke per tre giorni. Certo che Londra a volte fa un brutto effetto.

La sera di Capodanno

Mrs Norton oggi ci porta a fare un giro per la città; Anneke ovviamente aveva di meglio da fare, ha detto sarcastica, così è venuta solo Mashita.

Il programma sembra interessante, Buckingham Palace. Arriviamo lì davanti prestissimo, verso le otto e mezza: fa un freddo tremendo e c'è anche la nebbia. Ci mettiamo in coda, a quanto pare molta gente ha avuto la nostra stessa idea. Io e Mashita caschiamo dal sonno, Mrs Norton invece è sveglia come un grillo; dato che non le diamo molte soddisfazioni lei attacca bottone con il signore davanti a noi. Lui risponde ogni volta educatamente alle fitte domande che lei gli fa, ma secondo me vorrebbe che rimanesse in silenzio. Per l'occasione Mrs Norton indossa un vestito di lana viola, con delle farfalle colorate applicate sopra, forse fatte a uncinetto, un improponibile cappotto giallo canarino e un cappello di lana con visiera. Ai piedi poi ha messo degli orrendi scarponcini marroni con un leggero tacco. Ma il pezzo forte è il viso; probabilmente la luce del bagno dovrebbe essere cambiata, perché il trucco che si è fatta potrebbe andare bene per il circo. Uno spesso strato di cipria bianca le copre tutta la faccia, e sopra ha applicato un fard decisamente troppo forte per la sua carnagione; l'ombretto questa volta è in tinta con il vestito. È talmente tanto esagerata che sembra uno scherzo, e dalla faccia dell'uomo con cui lei si ostina a parlare, direi che lui sta pensando di avere davanti Moira Orfei. Già, ma mi sa che a Londra non la conosce nessuno. Mando un sms a Marco per descriverle Mrs Norton e poi un altro ai miei per dire loro che va tutto bene.

«Come mai non sei tornata a casa per le vacanze?» chiedo alla fine a Mashita, non resistendo alla curiosità di sapere.

«I miei sono partiti per un viaggio, tornano il dieci. Raramente mi portano e poi da noi il Natale non è molto sentito.»

«Ma i tuoi dove vivono?»

«In Germania, a Berlino.»

«Quindi finita l'università torni lì.»

«Non ci penso proprio. Non mi piace, preferisco Londra, è più adatta a me. A te invece piace vivere a Roma, come si sta in Italia?»

«Benissimo, non penso che vorrei vivere in un altro posto.»

In effetti è vero, mi piace molto la mia città, per non parlare del clima; a Londra piove spesso, fa freddo e io che amo le stagioni calde, il mare e il sole, non potrei resistere a lungo.

Finalmente riusciamo a entrare, prendiamo le cuffie per l'ascolto e iniziamo il giro tra le stanze reali. Cammino come in trance tra una sala e l'altra mentre la mia testa si perde in fantasticherie. Che mondo diverso, tutto così esagerato.

«Mashita, ti immagini nascere in una famiglia reale?»

«A me non piacerebbe affatto. Pensa che noia dover essere sempre perfetta, dover frequentare solo certe persone, per non parlare delle feste con tutti quei fintoni. No, non fa per me.»

Rimango in silenzio mentre entriamo nella sala delle udienze. La stanza, come le altre, è immensa: broccati alle pareti, velluti, specchi e oro ovunque, niente di moderno, nuovo. Ma che succede se uno ha dei gusti diversi? Io non vorrei vivere in tutto questo vecchiume, cambierei tutti i mobili; ma sì, via, una bella rimodernata! Certo forse ha ragione Mashita, non deve essere piacevole non potersi mai lasciare andare, mai sbagliare; poi tutti lì in agguato a vedere come ti vesti, con chi parli, nessuna intimità, segreti: deve essere un inferno! E poi, alla fine, che ci fanno con tutti quei soldi se sono sempre chiusi in questa gabbia dorata?

Mentre continuiamo la visita, Mrs Norton aggiunge ogni tanto qualche racconto bizzarro o pettegolezzo sulla famiglia reale. Usciamo che sono le undici passate e a noi è venuta una fame da lupi. Così ci fermiamo in una bakery non molto lontana, dove io e Mashita ci spariamo due immensi cheese-cake all'ananas.

Alla fine della giornata torniamo a casa che siamo lesse. Eh sì, perché Mrs Norton dopo il palazzo reale ci ha voluto assolutamente far visitare il famoso museo delle cere di Madame Tussaud, che, devo ammettere, si è rivelato molto divertente. Tutti quei personaggi famosi come Elvis Presley, Marilyn Monroe, Kylie Minogue, Brad Pitt, Nicholas Cage oltre, ovviamente, a tutta la famiglia reale. Ma la sorpresa maggiore è stata scoprire che c'era anche lui, sì, proprio lui... Johnny Depp, il pirata dei sogni miei e di Marta!

Stesa sul letto le mando un sms, e lei mi risponde al volo: 'Ma io voglio quello vero!!!'

La solita peste, penso divertita. Chissà cosa starà combinando senza di me, mi chiedo mentre mi massaggio i piedi.

Un rumore soffocato mi sveglia, guardo l'orologio, le due di notte, mi giro nel letto ma non riesco a capire. Sarà un uccello, penso nel dormiveglia. Mi giro ancora e affondo la testa nel cuscino. Di nuovo lo stesso rumore, mi metto a pancia in su e cerco di capire meglio cosa potrebbe essere. Sembra provenire... sì, proviene proprio dalla stanza. Mi alzo di scatto a sedere e capisco: sono sospiri e gemiti. Forse Anneke sta sognando; mi affaccio dal letto e mi ritraggo subito, c'è qualcuno nel letto con lei! No, non può essere; trattengo il respiro, ma sì, invece è proprio così. Non ci posso credere, ha avuto il coraggio di portarsi Andrew qui, in camera nostra. Sono indignata e profondamente offesa, per non parlare dell'imbarazzo. Certo che la gente è proprio fuori di testa: come ti viene in mente di fare sesso con un ragazzo mentre c'è qualcuno che dorme nel letto sopra il tuo. E se adesso entra Mrs Norton? Non so cosa fare, da una parte vorrei accendere la luce e fare una scenata a tutti e due, ma dall'altra mi vergogno da morire. Rimango in silenzio sperando che non mi abbiano sentito, ma i loro gemiti si fanno più forti e il mio cuore, non so perché, comincia a battere all'impazzata. Forse però si stanno solo baciando, penso cercando di calmare il battito. Ma no, non può essere, ma dove diavolo sono capitata? Mi metto a pensare a qualcos'altro; potrei contare le pecore, sì, mi sembra una bella idea; no, è meglio se mi metto a cantare tra me qualche canzone che conosco a memoria. Ma dopo poche parole perdo il filo e mi ritrovo ad ascoltare i loro sussurri. Uffa, non voglio, non è giusto; via, andate via, lasciatemi in pace, voglio dormire, penso mettendo la testa sotto il cuscino. Insomma, certe cose si fanno da soli, non con degli spettatori!

«Valentina, sono le nove, che succede oggi, non vuoi fare lezione, non ti senti bene?»

Non metto a fuoco subito.

Ma chi diavolo è?

Mrs Norton mi osserva da vicino con sguardo indagatore.

Mi scosto di botto; ma un po' di privacy in questa casa si può avere?

«Mi scusi, non ho sentito la sveglia. Arrivo tra mezz'ora.»

«Ti aspetto giù» risponde e sparisce.

Mi guardo intorno, non c'è nessuno, la stanza è vuota. Ho sognato o è successo veramente?

Mi alzo a fatica e vado in bagno per uscirne dopo venti minuti, pronta, si fa per dire, per la lezione.

Ormai mi muovo alla grande per le vie di Londra e riesco anche a non fare troppi errori con la metro. Certo, ogni tanto sbaglio fermata oppure prendo la direzione opposta, ma per fortuna appena me ne accorgo scendo e torno indietro.

Oggi ho deciso di andare a vedere il Big Ben, attraversare il ponte e fare una passeggiata sul Tamigi; pare che il lungofiume sia molto popolato. Così prima di uscire ho preso la cartina della metro, ho cercato di impararla a memoria e sono partita. La giornata è fredda, ma almeno c'è il sole. A proposito dell'altra sera, non sono riuscita a capire se ho sognato veramente oppure no: Mashita non ha sentito niente, Anneke ovviamente ha negato con forza e io alla fine ho deciso di non approfondire, forse l'ho proprio sognato, ma non ne sono convinta.

Arriva il treno, entro e mi metto a sedere; per fortuna non è pienissimo.

Marco non lo sento da due giorni, sono stata talmente occupata che non ho avuto un attimo di tempo. Ma mi sento tranquilla, può succedere, non è mica detto che se non ci si sente tutti i giorni vuol dire che non ci si vuole più bene... o no?

La verità è che i giorni mi volano senza che me ne renda conto e devo ammettere che è anche merito delle due nuove amiche, con cui ho trovato un certo equilibrio. Certo, con loro non ho sicuramente il rapporto e la confidenza che ho con Marta, ma a modo loro sono carine e simpatiche. Mashita forse è troppo introversa e lunatica, ma è sempre così affettuosa e piena di attenzioni, e mi fa tenerezza. Anneke invece è talmente esplosiva che va presa con le pinze, con lei devo evitare solo certi argomenti, tipo la fedeltà, che considera assolutamente inutile, e situazioni diciamo troppo compromettenti, come quando punta un ragazzo: in quel caso non guarda in faccia nessuno. Ma tolto quello il resto fila tutto liscio, è una gran chiacchierona e conosce una marea di gente.

Domani sera, che è l'ultimo dell'anno, andremo prima in centro a vedere i fuochi d'artificio e poi a una festa megagalattica sul Tamigi, su una specie di barcone, organizzata ovviamente dai suoi amici. Per fortuna che, a parte i primi giorni, Mrs Norton mi ha lasciato subito libera di muovermi e uscire senza problemi: non è che poi faccia chissà cosa, solo un cinema, un locale, un panino. Forse le avrò ispirato fiducia o forse è talmente presa dai suoi mille impegni che è ben felice di non preoccuparsi anche di me. In ogni modo ha acconsentito a farmi passare il fine anno con le amiche. Quella che invece abbiamo dovuto pregare è stata Mashita, che all'inizio voleva addirittura rimanere in camera tutta la sera: alla fine ha promesso di venire, ma solo per me, mi ha confidato.

Scendo a Embankment e appena salgo le scale della stazione mi appare il famoso orologio di Londra. È immenso, maestoso con quell'occhio al centro che sembra ti osservi da lontano. Mi appoggio a un muretto e osservo il via vai dei turisti; c'è un'aria festosa, forse è la vicinanza di Capodanno. Un chiosco vicino manda un odorino così invitante che alla fine cedo e compro una crêpe alla nutella. Dopo aver fatto un paio di foto con il cell seguo il flusso della gente e attraverso il ponte. Mi affaccio di sotto, il Tamigi è largo e impetuoso, niente a che vedere con il nostro Tevere; la corrente muove veloce l'acqua e ogni tanto qualche battello passa sotto al ponte.

«Could you make us a picture?» mi chiede una coppia di giapponesi.

Mentre cerco di inquadrare loro due che si abbracciano e sorridono, penso a Marco e mi intristisco un pochino, certo sarebbe stato carino se lui fosse qui; ma il pensiero, veloce com'è arrivato, vola via spazzato come da una folata di vento: un gruppo di giocolieri ha preso il suo posto. Tutti vestiti con abiti sgargianti e il viso dipinto di mille colori. Si muovono veloci al ritmo di una musica tribale; li accompagnano un piccolo cane, anche lui vestito e acconciato come loro, una scimmia e un grosso pappagallo che gli svolazza intorno. Uno di loro lancia velocissimo dei birilli in aria mentre si muove al ritmo della musica. Sono affascinata, mi sento come ipnotizzata da quegli oggetti che lui muove con destrezza e agilità.

Per un attimo mi sento uno di quei birilli, leggera, sospesa nell'aria; volo, rotolo, faccio capriole, ridiscendo e poi di nuovo su, sempre più in alto. Rido felice mentre il vento mi scompiglia i capelli, le capriole mi fanno perdere la direzione; ma non importa, posso lasciarmi andare senza incertezze, tanto c'è chi mi riprenderà e mi lancerà di nuovo verso l'alto. Batto le mani mentre lui recupera uno a uno i birilli e se li mette sotto il braccio. Fa un inchino e sorride verso di me; i nostri occhi si incrociano per un momento e lui, prima di girarsi dall'altra parte, mi fa l'occhiolino; riprendo il mio cammino in subbuglio.

'Ti devo raccontare un sacco di cose. Che fai domani sera? Io e Giacomo festa privata a casa sua; i genitori sono fuori per tre giorni. Solo io e lui, non è romantico?' mi scrive Marta.

Le racconto del mio programma e rimaniamo d'accordo di farci gli auguri l'indomani a mezzanotte in punto. Strano, ho dimenticato di chiedere a Marco cosa farà lui, e sentendomi un po' in colpa lo chiamo.

«Vale, finalmente, stavo cominciando a pensare ti fossi dimenticata di me.»

«Ma figurati, è che ho avuto mille cose da fare.»

«Mmh, bella scusa. Senti, che ne dici se vengo lì da te domani sera, così passiamo insieme Capodanno?»

Balbetto confusa. Che mi prende, perché non sono saltata di gioia? Non era quello che volevo?

«Ma come, non mi vuoi? Guarda che scherzavo. Però ci sono rimasto male. Non ti piacerebbe che venissi?»

Arrossisco imbarazzata e mi appresto a giustificarmi.

«Non è vero, sarei felicissima, è che mi hai preso

alla sprovvista. Ecco... cioè, non me l'aspettavo. Veramente faresti una cosa del genere?»

Lo sento sospirare.

«Mi piacerebbe, ma non credo che i miei sarebbero molto felici e non mi pagherebbero mai il biglietto aereo.»

Mi sbaglio oppure ho fatto un sospiro di sollievo? Non so bene cosa mi sta succedendo, sarà che mi sento così libera, felice e lontana da tutto e tutti che non voglio cambiare questo stato d'animo; dopo quest'ultimo periodo così buio finalmente un po' di gioia mi ci voleva. E poi questa vacanza è una cosa mia, un'esperienza che sto vivendo da sola, e mi sento così eccitata nello scoprirmi capace di affrontare nuove situazioni, di sapermi muovere senza l'aiuto di nessuno, di farmi capire senza che qualcun altro intervenga. Forse alla fine aveva ragione Marta, quando parlavamo con la zia Mapi, che lasciare tutto e tutti per trasferirsi in un altro Paese poteva essere un'esperienza positiva. Non è colpa di Marco, non c'entra niente, ma anche lui fa parte di quello che per il momento ho lasciato a casa, come i miei, oppure la mia sorellina Giulia.

«Ci sei ancora?» mi richiama all'ordine Marco.

«Certo che ci sono. Mi ero solo distratta un momento.»

«Sentiamoci più tardi, allora, anch'io ho da fare, sono in ritardo per gli allenamenti.»

Allenamenti, sempre questi dannati allenamenti, penso riprendendo il mio giro per la città.

Anneke mi ha prestato qualcosa; quando ho preparato la valigia, prima di partire, ero troppo arrabbiata per pensare a cosa portarmi per la sera di Capodanno. Così lei ha aperto l'armadio e mi ha detto: 'scegli quello che vuoi'. Certo, molte cose non mi stanno proprio, lei è decisamente più abbondante di me; ma alla fine ho trovato una canottiera rossa con davanti un topolino di paillette. Io non me la sarei mai comprata, ma adesso, qui a Londra... perché no? Sopra ho messo la mia solita felpa e sotto, invece, Mashita mi ha prestato una gonna lunga di velluto nero; ai piedi poi porto degli stivali sempre di Mashita.

Andiamo dirette a Trafalgar Square e ci mettiamo vicino alla statua di Nelson per poter vedere bene i fuochi d'artificio. Siamo tutte e tre su di giri, Anneke e Mashita perché sono alla loro terza birra, io perché sto passando il mio primo Capodanno da sola a Londra, e l'aria che si respira è ovunque festosa. Venendo ci siamo comprate un cartoccio di kebab e ora ce lo stiamo finendo sedute sui gradini sotto la statua. Quando mancano pochi minuti a mezzanotte ci alziamo in piedi, con il naso all'insù, e urliamo tutte e tre felici finché mille giochi di luci partono all'unisono e riempiono il cielo. Sembra una cascata di stelle; improvvisamente cala il silenzio tra di noi mentre osserviamo estasiate tutte quelle lucine che appaiono, scompaiono, si riaccendono da un'altra parte, scendono a grappoli, scoppiano come bottiglie di spumante. Mi guardo intorno e mi viene da ridere, è tutto così strano, irreale; sono, per la prima volta nella mia vita, da sola lontana da casa, con due amiche straniere, mentre cerchiamo di farci capire con il nostro inglese imperfetto. Tutte e tre per motivi diversi lontane dal proprio Paese e dalle famiglie, eppure non sono spaventata, anzi, improvvisamente mi sento euforica, felice. Vorrei non finisse mai, vorrei rimanere ancora qui con Anneke, Mashita e la strana Mrs Norton, con i suoi gatti e le sue stravaganti lezioni d'inglese. Mi sembra di vivere un sogno, è tutto così bello, nuovo. E pensare che non volevo venire. Ci abbracciamo e baciamo. Intorno si sentono delle urla, qualcuno brinda, mentre tutti insieme urliamo: 'Happy New Year!'

Finiti i fuochi ci prendiamo per mano e corriamo, e ridendo arriviamo alla festa.

Qui cerchiamo di ricomporci leggermente e ci mescoliamo agli altri; il posto è molto carino. Sono tutti sul ponte a ballare, su un lato c'è un lungo bancone dove prendere da bere. Anneke abbraccia e bacia tutti, e appena arrivati al bancone altri due suoi amici ci allungano subito tre bicchieri pieni. Ho un'attimo di esitazione, ma l'aria che si respira è così divertente che afferro il bicchiere che mi viene offerto e me lo porto alle labbra; è buono e dolce, penso guardandomi intorno incuriosita. Anneke scompare quasi subito e io e Mashita andiamo a cercare un posto dove sederci; ma poco dopo anche lei mi lascia sola, per tornare con il bicchiere di nuovo pieno; ride e si muove al ritmo della musica.

«Dài andiamo a ballare» dice prendendomi la mano e spingendomi nella mischia.

«Sono contenta di averti conosciuta.»

«Anch'io.»

«Sei proprio carina e simpatica. Era tanto che non ero così felice» continua.

Mi abbraccia, e tendendoci strette continuiamo a muoverci.

«Anch'io sono contenta di essere qui. Devi venire a trovarmi a Roma.»

«Mi piacerebbe molto.»

«E allora vieni, ti ospito io.»

Adesso la musica si è fatta più assordante e tutti si sono messi a saltare e a spingersi. Il pavimento trema e noi due per non cadere ci teniamo l'una all'altra.

All'improvviso, non so come, non so perché, Mashita mi stringe più forte e mi bacia sulla bocca.

«Mashita...» dico staccandomi da lei.

«Mi piaci, Vale, mi piaci tanto.»

«No, ti prego, ferma, no.»

Provo ad allontanarmi, ma lei mi ha buttato le braccia al collo.

«Baciami, Vale, mi piaci così tanto» continua lei.

«Mmh, smettila... credo che tu stia sbagliando» provo a dire.

«E dài, solo un bacio.»

L'allontano bruscamente.

«Falla finita, Mashita. Smettila, sei ubriaca.»

Lei fa per avvicinarsi ancora, ma questa volta sono più svelta, svicolo e mi allontano velocemente.

Mi faccio strada tra la gente; aria, ho bisogno di aria. Mi tocco le labbra con la mano mentre mi guardo intorno smarrita. Dio mio, cos'ho fatto di male? Perché proprio a me doveva capitare una cosa del genere? Mi affaccio dal parapetto e guardo l'acqua scorrere. Che situazione imbarazzante, non posso crederci. Baciata in bocca da un'amica, ci mancava solo questa! Il cuore continua a martellarmi nel petto, non so che fare. Non avevo capito che le piacevano le ragazze; e poi lei non stava con George? Non ci capisco più niente. Ma forse la storia del fidanzato era inventata, oppure le piacciono sia i ragazzi che le ragazze. Cerco Anneke tra la folla, ma le facce sono tutte sconosciute. Ho bisogno di bere qualcos'altro, penso continuando a tremare come una foglia e così, senza pensarci due volte, afferro il primo bicchiere che mi capita a tiro.

Il danno

Sono ubriaca, ho bevuto un paio di bicchieri e sono completamente ubriaca. Strana sensazione, vedi il mondo come attraverso una palla di vetro. Sorridi e ti guardi intorno in maniera curiosa. Non ti importa degli altri; osservi. Se quando sei sobrio faresti resistenza a parlare, a sorridere o a spingerti oltre un semplice ciao, quando sei ubriaco, o meglio brillo... be' insomma quella cosa lì, ti lasci andare, è come se la lingua si sciogliesse; o forse sono le inibizioni che scompaiono? Non lo so, comunque è una strana sensazione. È tutto più divertente; anzi, no, più facile: le persone sembrano anche più simpatiche. E tu? Tu ridi anche quando non c'è niente da ridere, parli liberamente e socializzi come mai faresti normalmente.

Mi fanno male i piedi, così mi metto sulla prima sedia che trovo. Vorrei togliermi gli stivali, ma anche in questo stato capisco che non è il caso. Giusto, non sta bene. Okay, allora vado in bagno; mi sembra la scelta più adatta. Chiudo la porta e mi siedo sul water, che per fortuna è pulito, evidentemente non c'è ancora andato nessuno. Mi tolgo finalmente le scarpe e guardo in alto. Strano, non mi sembrava, entrando, di aver visto il soffitto così basso; pazienza. Rimango così, massaggiandomi i piedi. Adesso chiudo gli occhi; no, forse è meglio di no, magari mi addormento e cado per terra e sbatto anche la testa. Dio, sarebbe troppo divertente, penso ridendo. Mi ritrovano tra un paio d'ore svenuta sul pavimento. Torno a Roma con un bel bernoccolo, e poi vallo a spiegare ai miei. Meglio andare nuovamente di là. Esco e mi avvicino a un gruppo di ragazzi, mi sembra di conoscerne un paio. Qualcuno passando mi allunga un altro bicchiere e io senza pensarci lo prendo al volo. Assaggio, mi vengono i brividi, mmh... non capisco assolutamente cosa sia, ma non è male, forse un po' troppo forte per i miei gusti, ma va bene così, ormai sono lanciata. Mi guardo intorno, c'è una marea di gente: per fortuna, odio arrivare in anticipo alle feste, così sei costretta ad aspettare che arrivino tutti gli altri.

«Non ti ho mai vista prima, sei appena arrivata?» mi chiede una ragazza parlandomi all'orecchio. La guardo, carina, mora, capelli lisci fino alle spalle, occhi scuri; le sorrido con sguardo vacuo.

«Non lo so da quanto sono qui» rispondo.

Sento un braccio cingermi la vita. Mi giro e trovo Anneke di fianco a me.

«Guardate chi sta arrivando. Dio, farei carte false per lui.» Tutte e due ci giriamo nella direzione dei suoi occhi e incrocio lo sguardo di un tipo alto, rosso, occhi azzurri, pieno di lentiggini.

«Non fa per me» rispondo girandomi dall'altra parte.

«Per mia fortuna» risponde Anneke.

E per *mia* fortuna, penso anch'io, e mi tornano in mente alcune scene del bagno, quando lei ha litigato con quella tipa per l'australiano.

«Aspetta, aspetta, ho trovato il tuo tipo. Girati lentamente. Fai finta di guardare il fiume e poi dimmi se neanche quello va bene.»

Provo a muovere il collo ma mi gira la testa, mi si appanna la visuale. Chissà che sguardo avrò, da merluzzo? No, forse più da pesce lesso. Un ragazzo mi sorride e io ricambio. Errore gravissimo, lui non perde tempo ed è subito vicino a me. Mi copre la visuale, non sono ancora riuscita a inquadrare il tizio che mi aveva indicato Anneke, che nel frattempo si è vaporizzata.

Sto annuendo, fantastico; mi piace quando il corpo va da una parte mentre la testa va da un'altra. Lui sorride compiaciuto; lo guardo di sottecchi e mi domando se abbia il parrucchino o no. Ma che mi viene in mente, un parrucchino? Rido all'idea e lui lusingato si avvicina pericolosamente. Senza dargli il tempo di aggiungere altro mi allontano. Ecco, questa è una tipica reazione da ubriaca, se non avessi bevuto sicuramente sarei rimasta lì a sorbirmi il tizio. O forse non gli avrei proprio permesso di avvicinarsi, chissà. Come una meteora mi appare e scompare il viso di Marco; mi tocco le labbra... cavolo, mi sembra lontano anni luce. Poi mi appare il viso di Mashita, oddio, adesso ricordo, dio che situazione ridicola.

«Ecco dov'eri finita!»

Di nuovo la voce di Anneke.

Mi giro giusto in tempo per ritrovarmi a un palmo di naso due occhi neri, scuri come la pece. Non mi dice ciao, non gli dico ciao. Non ce n'è bisogno; mi prende la mano e io in silenzio mi lascio portare via. Ma non avevo sentito la voce di Anneke? Sento della musica, i famosi violini? Sorrido divertita, macché violini, c'è un casino pazzesco. Lo sconosciuto continua a fissarmi negli occhi e io mi sento un animale in gabbia. Non vorrei, ma è come se una forza non mi permettesse di fare resistenza. O forse sì? Una corrente d'aria gelata mi attraversa la schiena, rabbrividisco e lui, il mio predatore, ne approfitta per spingermi in un angolo buio.

«Mi amada, sole de my vida. Noi siamo come due stelle nell'universo che si sono incrociate casualmente. Ho sentito il tuo richiamo da lontano e il tuo odore mi è subito entrato dentro.»

Non so cosa dice, ma il suono delle sue parole è irresistibile. Sto sognando, lo sento che è solo un sogno, o forse un'altra vita, oppure un sortilegio. Sì, è così, sono vittima di uno spaventoso e irresistibile sortilegio. Un'altra me sta vivendo questo sogno; non io, la Valentina che conosco, non quella timida, non la ragazza innamorata di Marco. Solo a pensare il suo nome, apro gli occhi allarmata. Marco? Oddio, ma cosa sto facendo?

Ma non c'è tempo, il mondo gira, gira vorticosamente come la mia testa e Marco si volatilizza all'istante. Rido, inebriata dal tocco del mio cavaliere, dai suoi baci che bruciano come brace, dalle sue parole che mi lasciano segni indelebili. Cosa sto facendo? Dovrei sentirmi in colpa, e allora perché non mi ci sento? Non ho il tempo di riflettere: lui, il mio uomo misterioso, mi ha preso in braccio e sta salendo le scale di corsa.

«Dove stiamo andando?» chiedo in un soffio persa nel suo profumo.

«Dove vuoi, dimmi dove vuoi andare e io ti ci porto» risponde stringendomi a sé.

Lo sento, è il mio cavaliere errante, il mio principe azzurro. Sento il suo fiato accorciarsi per la corsa, ma lui sembra non farci caso, continua a sussurrarmi parole dolci.

Piccole gocce di sudore imperlano il suo viso.

«Fammi scendere, ti prego. Mettimi giù. Aspetta un momento, ho bisogno di sapere chi sei» sussurro.

«Chi vuoi che io sia?»

«No, veramente, dimmi almeno il tuo nome. Da dove vieni?»

«Da un altro mondo. E ti voglio portare via con me. Fuggiamo insieme?»

«Ma neanche mi conosci!»

«E allora? Importa solo che siamo fatti l'uno per l'altro. Anche tu hai sentito quello che ho sentito io, non è vero?»

Rimango in silenzio.

Ha smesso di correre e mi ha delicatamente poggiato a terra, ma la sua stretta è salda, gentile ma forte.

Mi guardo intorno ma è tutto buio, solo il bianco dei suoi occhi che mandano mille bagliori. Cosa devo fare? Mi tremano le gambe, non ci capisco più niente!

Lui continua a fissarmi intensamente.

«Dimmi che non mi desideri... Dimmi solo che non senti quello che provo anch'io e svanirò per sempre.»

In sottofondo le dolci note di *If I Ain't Got You* di Alicia Keys non mi lasciano una via di fuga.

«Baciami, ti prego, baciami» sento la mia bocca sussurrare...

Apro un occhio, poi lo richiudo. Apro l'altro e una fitta alla tempia mi trafigge. Provo a girarmi nel letto ma qualcosa di pesante mi sta soffocando. Rimango ancora così per qualche minuto. Dove sono? Riapro gli occhi e mi guardo intorno, ma non riconosco nulla. Dio, che dolore lancinante alla testa. Provo a muovermi ma niente, ho lo stomaco stretto in una morsa. Deve essere stato quello che ho bevuto ieri sera. Che brutta sensazione. Uauh, ho la bocca tutta impastata, devo assolutamente andare a lavarmi i denti. Marta non ci crederà, la tranquilla Vale che si ubriaca la sera di Capodanno. Non male; chi l'avrebbe mai detto! Mmh... non so se mi piace questa cosa, anzi direi proprio di no. Okay, vediamo che ore sono. Mi muovo con difficoltà nel letto, ma alla fine con uno sforzo estremo riesco finalmente a girami.

«Ahhh!» urlo saltando nel letto.

In piedi guardo quella mano che esce tra le coperte e rimango ammutolita.

Chi diavolo è? Alzo le coperte e vedo la schiena nuda di un ragazzo. Riabbasso subito il lenzuolo. Mi guardo intorno e la stanza non mi dice niente. Cosa ci faccio nel letto di uno sconosciuto? Se è uno scherzo di Anneke la uccido, giuro! Questa proprio non me la doveva fare. E poi non ho niente addosso!

Mi guardo intorno, ma non c'è nessuno a parte me e lui.

Allontano il piumino per guardare meglio il tipo, ma il suo viso non mi dice molto.

Mi avvicino ancora e in quel momento lui apre un occhio e si gira.

«¿Hola, cómo estás?»

Mi ritraggo spaventata, tirandomi appresso il piumino.

«Ci conosciamo?»

Lui ride, mostrando un sorriso smagliante.

Dio, ma è bellissimo! Due occhi scuri come il carbone mi fissano, mentre i suoi lunghi capelli neri sono sparpagliati sul cuscino; sembra una divinità greca. Senza volere il mio sguardo percorre il suo petto scolpito e si sofferma su un piccolo tatuaggio proprio alla base dell'inguine, ma lui non mi dà il tempo di capire cosa sia.

«Vieni qui, che fai lì in piedi, improvvisamente timida?»

Mi afferra per le gambe e mi spinge su di lui.

Arrossisco fino alla radice dei capelli.

«Scusa, ma ci deve essere un errore. Forse ti sbagli con qualcun'altra. Io non sono Anneke, sono una sua compagna di stanza» rispondo cercando di tirarmi su con aria goffa.

«Mi amor, yo conocer qué te sei. El mi amor.»

«No guarda, ti ripeto che ti sbagli. Non so per chi mi hai preso, io non ti conosco. Ti prego, lasciami andare, per favore.»

Certo sono poco credibile, che diavolo ci faccio in questo letto con lui?

Si alza a sedere e mi guarda, sembra ferito dalle mie parole.

«Stai cercando di farmi intendere che non ti ricordi niente di quello che è successo tra noi?»

Faccio un salto indietro, come bruciata dal fuoco.

«Ma di che parli?»

«Stai scherzando? Non mi sembrava avessi bevuto così tanto.»

Non so che dire, non so che fare. Mi sta prendendo in giro, è uno scherzo.

«Senti, falla finita, alzati, prenditi i tuoi vestiti e vai via» dico sull'orlo di una crisi di nervi.

«Veramente questa è la mia camera, quindi al massimo te ne vai tu.»

Sono senza parole.

«Non ci posso credere, ieri tutta fuoco e fiamme e adesso mi vorresti cacciare via in questo modo. E io che cedevo fossi diversa! Poi saremmo noi uomini quelli da una botta e via, eh?» continua lui.

«Come ti permetti! Tu sei fuori. Mi vorresti far credere che... che... insomma...»

«Siamo andati a letto insieme, sì, proprio quella cosa lì che non riesci neanche a nominare» finisce lui per me.

«Stai mentendo. Ti hanno chiesto di farmi uno scherzo. Vero?» provo a chiedere con un debole sorriso sulle labbra.

«Ma di che parli? Ma guarda chi mi doveva capitare. Senti, bella, se non reggi l'alcol la prossima volta di consiglio di rimanere a casa con mamma e papà.» Si alza dal letto, completamente nudo, e senza il minimo imbarazzo afferra i suoi vestiti.

«Quando torno non ti voglio trovare qui» aggiunge prima di uscire sbattendo la porta.

Non può essere vero. No, non posso non ricordarmi una cosa tanto importante. Mi lancio sul letto alla ricerca di qualche traccia. Butto le coperte all'aria e guardo il lenzuolo; niente, nessun segno. Per un attimo mi tranquillizzo, ma poi mi ricordo che sono nuda. «Aaah» urlo coprendomi il viso con le mani. Devo ricordarmi, devo fare uno sforzo e ricordarmi cosa è successo. Se veramente è accaduto qualcosa non posso aver dimenticato tutto. Corro in bagno e mi guardo allo specchio, sono sfatta. Occhiaie pazzesche, faccia gonfia, sembra che qualcuno mi abbia preso a botte. Riesco dal bagno alla ricerca degli slip e del reggiseno, e trovo i primi penzoloni sulla lampada da tavolo e il secondo sotto al letto. Lo raccolgo e me lo stringo al petto. Razionali, bisogna rimanere calme e non farsi prendere dal panico. È sicuramente uno scherzo di quella peste di Anneke. La chiamo.

«Ehi, Anneke, sono io, Vale.»

«Ciao Vale, allora com'è andata la notte de fuego con Miguel, non è la fine del mondo?»

Chiudo gli occhi e deglutisco a fatica.

«Ti prego, Anneke, dimmi che è uno scherzo.»

«Vale, falla finita, rilassati. Invece di essere contenta, hai una voce strana. Che ti è successo? Miguel non ti è piaciuto?» dice con voce allusiva. Mi viene da vomitare.

«Anneke, te lo chiedo per favore. Dimmi cosa è successo ieri sera, io non ricordo niente. Sono veramente stata con Miguel?» continuo con un filo di voce.

«Senti, sorellina, mi dispiace dirtelo, ma ieri sera, o meglio stanotte, eri talmente tanto presa da Miguel che quando sono salita in camera sua per prendere la giacca non mi hai neanche sentito; non so se mi spiego» risponde.

«Vuoi veramente dire che sono andata a letto con questo Miguel?»

«Certo non mi sono messa a guardare quello che facevi, comunque diciamo che vi stavate dando da fare parecchio, e non mi sembrava neanche ti dispiacesse poi molto, quindi devi essere contenta, anche perché Miguelino non va con tutte. Certo è un peccato che tu non te ne ricordi...»

Attacco il telefono e mi copro il viso con le mani.

È un incubo, uno dei miei peggiori incubi. Voglio scomparire dalla terra, voglio che qualche calamità naturale si abbatta su di me e mi faccia sparire per sempre. Dio che vergogna, cosa ho fatto? Sono un mostro, sì, sono una persona orrenda. Come ho potuto fare questo a Marco? Non potrò mai più guardarlo in faccia.

Le lacrime cominciano a scorrere a fiumi, ma non me ne importa niente, ormai è tutto finito. Non mi merito niente: lui mi ama, e io come lo ripago? Oddio, sono veramente un essere immondo. E ora come farò? Cosa gli dirò? Devo lasciarlo, è l'unica soluzione. Una fitta allo stomaco mi fa piegare in due. Rimango così rannicchiata, finché i crampi si allentano. Mi alzo, mi vesto in fretta e fuggo da quella stanza. Non posso tornare a casa, non posso proprio.

Un altro pensiero mi assale, ma se poi alla fine non ci sono andata a letto? Magari in uno sprazzo di lucidità mi sono fermata prima. Torno indietro di corsa, entro di nuovo dentro il bagno e mi butto sul cestino della spazzatura. Ti prego, dimmi che non c'è, dimmi che non c'è. C'è! Allungo una mano e tiro su un preservativo usato. E pieno.

«No, no, no! Oddio, voglio morire, sì, voglio morire» urlo ricominciando a piangere.

Arrivo a casa e mi butto sotto la doccia. Le lacrime non riescono a calmarmi e quando entra Mashita sono ancora scossa dai singhiozzi.

«Mio dio, Vale, che ti è successo?» E si avvicina al letto.

In quel momento mi ricordo il bacio e mi ritraggo.

«Scusami per ieri sera, non so cosa mi abbia preso. Mi vergogno così tanto, ero completamente ubriaca. Fai finta che non sia successo nulla, ti prego, perdonami.»

Rimango incerta sul da farsi ma ho bisogno di sfogarmi con qualcuno, mi sento uno schifo e così tra un singhiozzo e l'altro le racconto tutto.

«È terribile, Vale, ma non puoi non ricordare niente. È successo solo poche ore fa.»

«Non lo so, forse ho voluto cancellare tutto. Sarà il senso di colpa, la vergogna, non so che dire.»

Mi aiuta a mettermi sotto le coperte.

«Non ci pensare. Dormi adesso, forse quando ti sveglierai sarà tutto più chiaro. Magari è meno drammatica di come te la immagini. Oppure scoprirai che sì, ci sei andata, ma ti è piaciuto, no?»

Prova a consolarmi.

«Ma tu non capisci, sono mesi che Marco vuole fare l'amore con me e io ogni volta gli dicevo che non ero ancora pronta, che volevo aspettare; e lui paziente lì a rispondermi che non c'era problema, che non mi dovevo preoccupare. Come faccio adesso a tornare a casa e dirgli che l'ho fatto con uno sconosciuto? E la consolazione quale sarebbe, che non ricordo di averlo fatto? Pensi sia credibile? Tu lo faresti?»

Lei mi guarda con aria afflitta.

«È la fine della nostra storia. Oddio, come farò a guardarlo ancora negli occhi?»

«Shhh, non ci pensare adesso, dormi. Vedrai, una soluzione la troviamo. Sono le dieci, è ancora presto, dormi, ci pensiamo dopo.»

«Ma Mrs Norton si è accorta della mia assenza?»

Sorride.

«Non ti preoccupare, questa mattina le ho detto che eri uscita presto.»

«Grazie.»

Sono un mostro, un mostro! Mi copro il viso con il lenzuolo.

Non berrò mai più, giuro che se berrò ancora un solo goccio mi rinchiuderò in un convento!

«È tutto a posto. Non ti preoccupare, può succedere ogni tanto di lasciarsi andare. Adesso dormi, ci vediamo più tardi. Baci.» Spegne la luce e mi lascia sola con il mio tormento.

Oggi torno a casa e piano piano i ricordi della serata mi riaffiorano, un po' frammentari e confusi, ma tornano. Ormai non posso negare la realtà, è successo veramente, sì, l'ho fatto, non ci sono dubbi. Mi vergogno di me stessa, tanto che non riesco a guardarmi allo specchio.

Ma è inutile cercare cause esterne, la colpa è solo mia. Forse devo prendere atto che devo stare da sola, faccio troppi casini, e Marco invece si merita di meglio, non certo una come me. Dico di amarlo, ma poi cosa faccio? Quest'estate il bacio con Andrea, e adesso a letto con Miguel; è inutile negare, alla fine non sono una fedele, questa è la verità. Provo a convincermi di essere fatta in un modo, ma sono tutta l'opposto.

Preparo lo zaino che mi sento uno schifo, vorrei dover partire per qualche posto sperduto, dove nessuno mi può trovare, vorrei cancellare tutto e ricominciare da capo. Sento un nodo alla gola e guardo fuori dalla finestra. È inutile, non posso cambiare la realtà, ho fatto un guaio, un guaio grosso, e posso prendermela solo con me stessa. Sì, certo, Mashita aveva provato a baciarmi, certo avevo bevuto un po' troppo, certo l'atmosfera era così divertente, certo, Miguel era così bello, ma potevo dire di no, e invece ho detto sì; e ho fatto una scelta, quella sbagliata, ovviamente.

Sento la porta della stanza aprirsi e Anneke e Mashita fanno il loro ingresso.

Si siedono sul letto e mi danno un pacchetto.

«Che cos'è?»

«Un regalo per te. Così ti ricorderai questa vacanza.»

E come potrei dimenticarla, penso con il cuore ferito.

Lo apro e dentro trovo una tazza con la scritta: 'For Vale, with love. Anneke and Mashita'.

Una lacrima mi scende senza che me ne accorga.

«Grazie» rispondo andando verso di loro e abbracciandole.

Nessuna delle tre parla; poi alla fine un leggero bussare alla porta interrompe questo silenzio che si stava facendo pesante.

Mrs Norton fa il suo ingresso, spumeggiante come al solito.

«Valentina, è ora, dobbiamo andare o farai tardi.»

Prendo le ultime cose, mi giro ancora una volta a guardare la stanza, poi esco seguita dalle altre.

Le abbraccio di nuovo sulla porta d'ingresso. Anneke si avvicina e mi sussurra all'orecchio: «Comunque Miguel sarebbe felice di rivederti. Scrivigli.» E mi passa un biglietto che metto subito in tasca.

Poi raccolgo lo zaino da terra e mi incammino in silenzio dietro Mrs Norton, quasi andassi al patibolo.

Dire o non dire

L'abbraccio forte e sincero di mio padre all'aeroporto mi commuove più del solito, e mentre usciamo all'aperto mi sembra sorridente e rilassato: forse le vacanze sono servite a qualcosa. Parliamo come se niente fosse, i malumori e le liti sembrano solo un ricordo lontano. Gli racconto ogni cosa, omettendo però la più importante, quella che mi brucia più di una ferita aperta. Lui si entusiasma delle mie gite, dell'inglese migliorato e delle mie nuove amiche. Parcheggiamo, e mentre percorriamo i pochi metri che ci separano da casa capisco quanto mi sono mancati tutti quanti.

Entro, poggio lo zaino a terra e mi guardo intorno: sono finalmente a casa mia, sono felice, anche se una parte di me vorrebbe fuggire a gambe levate. Faccio qualche passo, poi sento dei rumori provenire dalla cucina e così mi blocco; la nota voce di mia madre mi arriva mentre canticchia una canzone. In un balzo sono sulla porta della cucina.

«Mamma.»

Lei si gira e raggiante allarga le braccia.

«Vale, come sono contenta che tu sia tornata; vieni qui, fatti abbracciare.»

Ogni dubbio, ogni incertezza svanisce all'istante, lei continua a stringermi, a baciarmi i capelli. Inalo a fondo il suo profumo al limone e cedro.

«Fatti guardare, voglio vedere se sei cambiata» dice allontanandomi un po' da lei.

Abbasso gli occhi, chissà se capirà che è successo qualcosa, penso imbarazzata. Ma che vado a pensare, figuriamoci se da fuori si capisce. Neanche io vedo niente di diverso, a parte l'atroce senso di colpa. Scaccio via i tristi pensieri, voglio godermi questi pochi momenti felici.

«Giulia? Dorme? Come sta? Posso vederla?»

Lei mi guarda socchiudendo gli occhi, poi mi prende sottobraccio e insieme andiamo in camera da letto. Il sole filtra dalla finestra e i suoi raggi irradiano una luce quasi irreale. Vedo le piccole api del lettino dondolare mosse da una leggera corrente d'aria. Ci avviciniamo continuando a tenerci abbracciate e due piccoli occhi vispi si girano verso di noi.

«Mamma, ma è cambiata moltissimo, si è allungata, e poi si muove molto di più. Che impressione» dico emozionata.

Allungo una mano per accarezzarla e lei l'afferra e la stringe. Il mio cuore ha un tuffo e gli occhi mi si inumidiscono.

«Com'è carina, guarda, mamma, come mi tiene la mano. Pensi che mi abbia riconosciuto?»

Lei mi stringe più forte, poi si avvicina a mia sorella e la prende in braccio.

«Giulia, hai visto che Vale è tornata? Tieni, prendila in braccio.»

Mi irrigidisco leggermente mentre lei me la sistema accanto al letto.

«Ecco qui, adesso sì che è felice. Rilassati, Vale, non essere agitata; così va benissimo. Allora, che effetto ti fa tenerla in braccio?»

«Non lo so, non mi so muovere bene, ho paura di farle male. Lei è così piccola e indifesa» rispondo mentre mi muovo leggermente dondolandomi sulle gambe. Sono emozionata nel sentirla addosso a me; il suo contatto così delicato, il suo odore di pulito, i suoi pochi capelli che mi stuzzicano il collo. E pensare che questo esserino minuscolo crescerà e diventerà grande come me. Non riesco proprio a immaginare che un giorno staremo tutte e due in camera mia, o meglio nostra, sedute sul letto a parlare come due amiche.

In quel momento fa il suo ingresso mio padre e si avvicina sorridente.

«Eccoli qua i miei tesori; allora, Vale, che ne pensi di tua sorella, non ti sembra cresciuta?»

Rimaniamo ancora un po' a trastullarci con lei, poi alla fine la rimettiamo nel suo lettino e usciamo dalla stanza.

«Oggi è un giorno speciale, voglio cucinare qualcosa di particolare, che ne dite di un bel piatto di gnocchi al sugo e involtini con i piselli?»

Solo a sentire nominare tutte queste leccornie mi viene l'acquolina in bocca. Ecco un'altra cosa che mi manca: il cibo, specialmente quello di mio padre.

«Magari. A Londra ho mangiato delle cose terribili» e gli racconto del pudding.

Stiamo per finire di mangiare quando suona il campanello di casa.

Corro e apro la porta: un colpo al cuore, Marco. Eccolo qui davanti a me, è bellissimo con quei suoi grandi occhi azzurri e i capelli leggermente più lunghi. Me lo mangio con gli occhi, per un momento dimentico tutto e assaporo il battito accelerato del mio cuore, le gambe che tremano e le mani che sudano. Sono proprio una stupida, e colmo la distanza che ci separa con un sorriso.

«Marco» sussurro con voce roca.

«Vale» risponde lui continuando a fissarmi.

Nessuno dei due riesce a muovere un dito.

«Mi sei mancata da morire.»

«Anche tu» e capisco che è vero, non sto mentendo.

«Chi è?» La voce di mia madre interrompe la magia.

«È Marco. Esco con lui un'oretta» dico come in trance, e senza dargli il tempo di aggiungere altro afferro la mia giacca e lo spingo fuori. Chiudo la porta e lo stringo a me.

«Non potevo aspettare di più» aggiungo.

Lui mi bacia e mi ribacia, e io chiudo gli occhi e riconosco il suo odore, il suo tocco, le sue carezze. Sì, è tutto come prima, non è cambiato niente, siamo sempre Marco e Vale.

Corriamo giù per le scale tenendoci per mano, usciamo dal portone che ridiamo come due bambini. Sì, sì, sì urla il mio cuore, voglio dimenticare tutto, voglio che i suoi occhi continuino a guardarmi sempre così, che non smettano mai di amarmi. Se gli dico qualcosa sarà tutto finito, lui non vorrà più stringermi a sé, non vorrà baciarmi e amarmi ancora. Perché dovrei rovinare tutto quanto? Perché dovrei rinunciare a questo? Lui mi ama, lo sento da come mi stringe la mano, dai suoi baci forti e appassionati; sì, è vero, ogni tanto mi distraggo, perdo l'orientamento, ma alla fine torno sempre a casa, perché è lui la mia casa, il mio rifugio segreto, il mio posto preferito. Ci fermiamo sul lungotevere, proprio dove un tempo passeggiavo con Ale, e rimaniamo così a riappropriarci uno dell'altra. Gli racconto delle mie due amiche, del bacio di Mashita, della svampita Mrs Norton, delle figuracce che ho fatto con l'inglese. E lui ride, mi prende in giro, poi mi bacia ancora, mi arruffa i capelli, fa delle facce buffe, e io rido con lui. Il tempo sembra fermarsi e rimaniamo così finché il buio si fa più intenso, e le stelle con la luna ci sorridono alle spalle.

Da quando sono tornata non mi fermo un attimo, devo recuperare il tempo perduto. Peccato solo che è ricominciata anche la scuola.

«Finalmente di nuovo insieme» mi dice Marta mentre passeggiamo per via del Corso. «Tutti questi giorni senza avere qualcuno con cui confidarmi; ho sofferto di solitudine. E poi sono curiosa di sapere tutto quello che ti è successo, mi devi raccontare» continua.

Da quando sono arrivata non penso ad altro. Lo dico a Marta o non glielo dico? Da un lato mi sento talmente in colpa per il casino che ho combinato che non vorrei parlarne con anima viva; ma se non lo dico alla mia migliore amica, a chi altri potrei raccontare il mio segreto? Ma ho tradito suo fratello, penso disperata, e noi per lei siamo la coppia perfetta. No, non posso farlo. Ma un secondo dopo cambio idea, la mia pena è talmente grande che decido di non tacere.

«Marta, ho fatto un casino pazzesco» e senza darle il tempo di aggiungere altro le racconto tutto, parlando una buona mezz'ora. Lei rimane in silenzio e si attorciglia una ciocca di capelli; alla fine, innervosita dal suo sguardo penetrante, mi fermo.

«Ti prego, Marta, smettila di guardarmi in quel modo. Dimmi qualcosa.»

«Non so che dire, Vale, mi sembra incredibile che ti sia successa una cosa del genere... e poi in questo modo, è strano, non è da te. Già solo immaginarti ubriaca mi sembra difficile, e addirittura pensare che tu lo sia al punto di andare a letto con il primo venuto e per giunta non ricordarti niente; non lo so, sono un po' confusa. Pensavo di essere io quella dei colpi di testa, delle scelte affrettate, sconsiderate; ma a questo punto penso che mi sbagliavo.»

«Ti prego, smettila Marta di essere così dura con me, non l'ho fatto apposta, non volevo... tu lo sai quanto amo tuo fratello, lo sai quanto mi sforzo di essere perfetta, ma poi le cose cambiano, succedono sempre dei fatti imprevisti. Voglio che tu sappia che non l'ho fatto tanto per fare.»

«Allora ti piace veramente questo, come hai detto che si chiama, Miguel?»

Sospiro rassegnata.

«Non ho detto questo. Dico solo che non mi è mai venuto in mente di andare a letto con il primo che mi capitava, lo sai che non sono quel tipo di ragazza. Lo sai come ho sempre sognato quel momento, e che ho sempre voluto aspettare perché non mi sentivo pronta.»

«Forse non eri pronta per Marco.»

Le sue parole sono come una doccia gelata. Possibile che abbia ragione? Possibile che inconsciamente non volevo farlo con lui? Ma che vado a pensare, non può essere quella la ragione.

«Senti, puoi pensare quello che vuoi, ma è stato solo un incidente, solo un orribile errore. Tutti possiamo commettere degli errori, no?»

Lei annuisce, ma rimane in silenzio.

«Se Marco lo viene a sapere è la fine, ne morirà, ne sono sicura» risponde dopo un po'.

Trattengo il fiato.

«Quindi pensi che non dovrei dirglielo?»

«Stai scherzando, non ti azzardare. Lui è così pazzo di te, sta già organizzando la vostra mitica festa di San Valentino e tu vorresti andare lì e dirgli una cosa così terribile?»

Rimango in silenzio, sentendomi ancora più triste.

«Lo vuoi lasciare?»

«No!» rispondo quasi urlando.

«E allora fai finta che non sia successo nulla.»

«Sì, ma prima o poi verrà a saperlo. E allora forse...»

«No, non deve mai venire a saperlo. Devi cancellare quell'episodio, non è mai successo, se te ne convinci tu per prima lui non lo scoprirà mai, neanche da me.»

«Ma Marta, come faccio.... Cioè, quando starò lì, in quel momento, lui se ne accorgerà.»

«Non penso proprio, e tu al massimo fingi.»

«Come fingo?»

«Fai un po' la scena.»

Sono ammutolita. Non ci posso credere che mi stia consigliando di mentire al fratello.

«Marta, non so se è giusto.»

«Vale, non c'è alternativa, se vuoi continuare a stare insieme a lui non puoi fare altro. E poi alla fine per te sarà comunque la 'vera' prima volta. Dell'altra hai detto non ti ricordi assolutamente niente, no?»

Abbasso gli occhi frettolosamente. Come posso dirle che in realtà ora ricordo tutto? Mi sento come spossata e stanca; vorrei solo tornare in camera mia e buttarmi sotto il piumino. Camminiamo ancora un po' e alla fine ci sediamo in un bar e ordiniamo due cioccolate calde con la panna.

Il pomeriggio passa lentamente, ma la macchia nera che si è messa tra di noi non riesce a lasciarci per tutto il pomeriggio. Le racconto di quello che ho combinato a Londra, della rissa nel bagno, dei gatti della padrona di casa, di Mashita e Anneke, ma il suo sguardo è assente, lo vedo, sta soffrendo per il fratello e per colpa mia.

Mi giro e rigiro nel letto, il viso di Miguel mi appare nel sonno e non vuole lasciarmi in pace. Il mio corpo reagisce da solo. È inutile che faccia resistenza, la mia pelle rabbrividisce sotto le sue mani calde, sotto le sue parole di fuoco, sono scossa dal contatto dalla sua bocca sulla mia; rabbrividisco sotto il suo sguardo, mentre il calore che mi avvolge mi fa venire la pelle d'oca. Sospiro, mi rigiro ancora nel letto, ma niente, le sue mani forti mi stringono saldamente mentre le sue dolci parole d'amore mi martellano il cervello. Basta, urla la mia testa, basta, penso sedendomi sul letto. Mi prendo la testa tra le mani e stringo forte, penso ai miei nell'altra stanza, a Giulia che dorme nel lettino ignara di tutto; spero che almeno lei sia una persona migliore di me! Alla fine sconfitta mi alzo, scendo dal letto e vado in cucina a prendere un bicchiere d'acqua.

«Non riesci a dormire?»

La sagoma di mio padre appare sulla soglia.

«No.»

«Hai fatto un brutto sogno?»

Orribile, vorrei dire. Ma in realtà non è vero, non sarebbe così orrendo se non sapessi che per lasciarmi andare a quelle sensazioni dovrei tradire l'amore di Marco; ma che dico? L'ho già tradito.

Il viso mi si riga di lacrime silenziose, ma non mi muovo.

«Me lo vuoi raccontare?»

«Non me la sento.»

Lui invece di andare via si avvicina e si siede, sempre al buio, di fronte a me.

L'unica cosa che ci divide è la bottiglia dell'acqua al centro del tavolo. Se ne versa un bicchiere anche lui e il rumore dell'acqua che scende mi ricorda una piccola cascata.

«Ti è mai successo di tradire la mamma?» gli chiedo a bruciapelo.

Silenzio; alla luce del lampione che filtra dalla persiana, lo vedo appoggiarsi allo schienale della sedia.

«La mamma no, ma un'altra ragazza con cui sono stato per un lungo periodo sì, una volta.»

«E come ti sei sentito dopo?»

«Uno schifo, anche perché lei l'ha saputo da un'amica.»

«E poi, cosa è successo?»

«Lei mi fece una scenata che ancora ricordo. Eravamo vicino al Circeo, lei portava un vestito a righe che la faceva sembrare ancora più bella. L'avevo invitata a cena in un ristorante sul mare. Per tutta la sera lei non aveva detto niente, forse sperava che fossi io a confessare tutto, oppure di scoprire che la sua amica si era sbagliata.»

«E quanti anni avevi?»

«Diciotto, se non ricordo male.»

«E poi?»

«Dopo cena siamo scesi in spiaggia, ci siamo tolti le scarpe e abbiamo camminato sulla sabbia. Poi lei è scoppiata a piangere e io mi sono sentito morire. Lei urlava con le lacrime agli occhi e continuava a chiedermi ripetutamente perché, perché l'avevo fatto, come avevo potuto tradirla in quel modo, che motivo c'era; e io, io non sapevo cosa dire, perché un vero motivo non c'era, mi ero solo lasciato confondere, tentare da un miraggio. Avrei voluto avvicinarmi, toccarla, dirle quanto l'amavo e quanto ero stato stupido a rovinare tutto, invece non ce l'ho fatta, sono riuscito a dire solo poche parole, qualcosa di insulso e stupido.»

«E vi siete lasciati?»

«Sì, da quella volta lei non mi ha più voluto parlare e per me quell'episodio è stata un'enorme ferita, che mi sono portato dietro per molti anni.»

Tutto tace, ogni tanto il rumore di qualche macchina che passa, forse qualcuno che deve ancora tornare a casa, oppure che sta già cominciando una nuova giornata.

Un uccello notturno si fa sentire da lontano.

«La vita è fatta così, a volte facciamo delle stupidaggini senza che ce ne rendiamo conto. Fa parte della nostra crescita; forse io dovevo passare per quell'umiliazione per capire che non è una bella cosa tradire la fiducia di chi ti vuole bene, perché amare una persona è anche quello, fiducia e rispetto per l'altro.

«Ma quando sei più piccolo non hai le idee molto chiare, è tutto così bello, nuovo; ogni cosa che ti capita vorresti prenderla, viverla, ed è anche giusto così. Forse è per questo che non si è pronti per un rapporto serio e si vivono spesso storie brevi, perché ci si innamora e disamora facilmente, anche se ogni volta pensiamo sia per sempre.»

«Ma se lei non fosse venuta a saperlo, tu non glielo avresti detto, giusto?»

Lui appoggia i gomiti al tavolo e sento il suo respiro più vicino.

«Non lo so, in quel momento pensavo solo a me stesso; quindi, dato che non volevo perderla, non credevo fosse necessario. Sta a ognuno di noi scegliere se dire o non dire la verità, è una questione di coscienza. Prima di prendere una decisione bisogna sempre immaginarsi dall'altra parte: se tu venissi a sapere che lui ti ha tradito e poi mentito, cosa faresti?»

Torniamo a letto che sono le tre passate.

Mancano pochi giorni dalla fatidica sera e Marco sembra non essersi accorto di niente, mi trova solo più taciturna del solito e molto stanca. Ma a me continuano a frullare nel cervello le parole di Marta e di mio padre, e alla fine sono arrivata alla conclusione, forse per vigliaccheria, che ha ragione la mia amica: non posso assolutamente dirglielo. Primo perché soffrirebbe troppo, secondo perché mi lascerebbe, e non posso immaginare la mia vita senza di lui.

Consapevole di questo vado avanti, ma nel frattempo mi sono documentata su cosa succede veramente la prima volta, in modo da essere preparata sull'argomento. Lo so, è ridicolo, ma almeno voglio sapere se quando sarò lì, in quel preciso momento, può accadere che lui non se ne accorga. Marta dice che mi faccio troppi problemi, se Marco fosse un ragazzo con più esperienza forse questa mia ansia di essere scoperta avrebbe un senso.

Con lei la frattura sembra, apparentemente, ricomposta; ma io mi sento diversa. Guardo il mondo in modo nuovo, è inutile negarlo, posso far finta che sia tutto come prima, ma non lo è. Adesso quando esco con Marco, quando ci cerchiamo e ci baciamo, mi sento un'altra persona, c'è sempre una vocina che dice 'sei una bugiarda, devi dirglielo, se gli vuoi bene devi dirglielo'. Deve sapere chi ha di fronte, non la Vale dolce, tenera, indifesa, timorosa e riservata; non l'ingenua, l'inesperta, la ragazzina di cui lui si è innamorato. Lo guardo e mi sento sporca, il fatto di non essere sincera con lui mi lascia ogni volta un sapore amaro. L'ho tradito, inutile girarci intorno, non sono stata in grado di preservare il nostro amore. È colpa mia, e dato che sono una vigliacca non ho il coraggio di affrontare le conseguenze.

Sono ancora a letto a poltrire quando squilla il cell, è Marta.

«Dove sei?» mi chiede.

«A casa, sono ancora a letto.»

«Passo da te tra dieci minuti.»

«Okay, ti aspetto.»

E dopo poco siamo tutte e due sotto il piumone.

«Ho discusso di nuovo con i miei, non ne posso più. Che devo fare?»

«Non puoi fare molto, cerca di non litigarci sempre, ignorali.»

«Ma non ci riesco. Ieri quella ficcanaso della portiera le ha detto di avermi visto salire in macchina con un ragazzo molto più grande di me, Giacomo appunto. Ma perché la gente non si fa mai gli affari suoi?»

«Lasciala perdere, quella è una vipera.»

Le racconto che mi hanno scritto Anneke e Mashita che hanno ricominciato ad andare all'università, ma Anneke a fine mese cambia casa, va a stare con un ragazzo appena conosciuto. Certo è proprio un altro mondo, da noi una cosa del genere non sarebbe possibile, prima di uscire di casa passa una vita. E poi è come se io e Marco decidessimo di andare a vivere insieme tra un paio di anni, mi sembra un'idea così folle; forse, però, se tutti e due vivessimo già lontano da casa... Sorrido all'idea, non mi ci vedo, e poi a me piace vivere con i miei; specialmente adesso che la situazione a casa si è calmata, c'è Giulia e i miei sono tornati a essere affettuosi e carini come sempre.

San Valentino

È arrivato, il giorno fatidico è arrivato. Oggi è San Valentino e stasera festeggio con Marco; lui ha organizzato tutto, anche se non ha voluto dire bene cosa. Tremo solo al pensiero: ho passato gli ultimi giorni come in trance, a convincermi che sto facendo la cosa giusta. Per la ricorrenza gli ho comprato un portachiavi su cui ho fatto incidere la scritta: 'Il mio cuore per te'.

Stasera è una serata particolare, e così i miei hanno detto che posso tornare per mezzanotte, proprio come Cenerentola. Marta mi ha chiamato almeno un centinaio di volte per chiedermi come mi sentivo, se ero tranquilla, e mi ha fatto promettere di non fare stupidaggini. Per l'occasione ho comprato un paio di calze a righe colorate, quando le ho viste mi hanno messo subito allegria, e io ne ho proprio bisogno. Indosso una gonna jeans corta e sopra una maglia scollata con sopra un maglione con la zip. Mi sono truccata, ma non troppo, non vorrei emozionarmi e far colare tutto il rimmel. Ho solo un filo di matita nera e il lucidalabbra che tanto sparirà appena mangerò qualcosa. Sono seduta sul letto, pronta da dieci minuti e mi guardo le mani mentre sento lo stomaco in subbuglio. Ho la stessa sensazione di quando devo fare un'interrogazione o devo andare in bagno!

Mio padre appare sulla porta e mi guarda comprensivo.

«Marco è arrivato, ti aspetta sotto.»

Devo avere una faccia terribile, perché lui si avvicina e sale sulla scaletta che porta al mio letto.

«Andrà tutto bene, ne sono sicuro.»

Io annuisco in silenzio, ma il mio stomaco continua ad agitarsi senza tregua.

Scendo, prendo il regalo, il giaccone e mi avvio verso la porta.

«Divertiti e buon San Valentino» dice la mamma apparendo sulla porta con in braccio mia sorella.

«Saluta Giulia, fai gli auguri a Vale» continua agitando la manina di lei.

Sorrido e sempre in silenzio faccio le scale, ma sull'ultimo gradino mi fermo.

Posso farcela, sì, posso farcela; lo amo tanto, e lo sto facendo per noi. È la cosa più giusta.

Faccio un lungo respiro e un attimo dopo sono tra le sue braccia.

«Pronta?»

Posso non rispondere?

«Andiamo» dico sorridendo.

Prendo il casco che mi porge e salgo.

«Dove mi porti?»

«Ora vedrai. Hai fame?»

Neanche un po'.

«Sì.»

«Bene, perché pensavo una bella bistecca, che ne dici?»

«Fantastico.»

Per tutto il tragitto rimango con gli occhi chiusi

appoggiata alla sua schiena, respirando il suo odore; ogni tanto Marco mi chiede se ho freddo, se sto dormendo, e alla fine mi dice che siamo quasi arrivati. Si sente che è euforico. Scendo dal motorino e mi guardo intorno.

Un paio di lampioni illuminano la strada e un po' più avanti una sperduta cabina telefonica mostra tutta la sua desolazione; non riconosco assolutamente la zona, ma che importanza ha? Sembra di stare in aperta campagna.

Entriamo nel ristorante e ci sediamo in un angolo un po' appartato e illuminato solo da una candela.

«Carino questo posto, come l'hai trovato?» chiedo.

«Me l'ha consigliato un mio amico della pallanuoto, lui abita qui vicino, è il ragazzo che mi ha anche prestato la casa» mi dice con gli occhi che gli brillano mentre mi fa oscillare davanti un mazzo di chiavi. Provo a sorridere, ma non mi viene molto bene.

Ordiniamo due bruschette, due bistecche e una birra in due. Lo osservo mentre mangiamo, anche lui sembra un po' nervoso. Parliamo per tutta la cena, gli racconto di come sta crescendo Giulia, e del rapporto migliorato con i miei; poi di Marta e Giacomo, della loro difficile relazione. Non so come, a un certo punto il discorso prende una piega che mi mette in allarme.

«Be', mi sa che Londra ti ha fatto bene» dice lui, e io mi sento sprofondare.

«Diciamo che è stata una bella esperienza.» Le parole mi escono di bocca e tradiscono un certo imbarazzo.

«Senti, lo so che sei nervosa per quello che sta per succedere» comincia lui.

«In che senso?» chiedo guardinga.

«So che hai paura, in fondo ho paura anche io» risponde con un sorriso impacciato.

«È strano, per te non è la prima volta, giusto?»

«No, l'ho fatto un'altra volta, ma è stato un tale disastro che ho paura di fare un'altra figuraccia.»

Lo guardo con tenerezza.

«Ma che ti importa. E poi se non te la senti possiamo anche aspettare ancora, non ce l'ha mica ordinato il dottore!» rispondo forse troppo in fretta.

«Ma figurati, questo momento me lo sogno da mesi. È che sono agitato, in fondo è come se fosse la prima volta. Come per te, giusto?»

Mi si gela il sangue e abbasso gli occhi frettolosamente. Faccio finta di togliere qualcosa dal tovagliolo poggiato sulle ginocchia.

«Sì» rispondo in modo impercettibile e per un attimo penso che lui non mi abbia sentito.

Non riesco a guardarlo in faccia. Affondo il viso sul piatto e cerco di sembrare impegnata a finire la mia bistecca. Adesso, oltre allo stomaco chiuso a morsa, è arrivata anche una vaga sensazione di nausea. Mi alzo di scatto e scusandomi corro in bagno. Mi butto l'acqua sul viso e rimango a fissare il rubinetto chiuso dell'acqua. Rallento i battiti del mio cuore poi, ritrovata un po' di calma, torno al tavolo.

«Non ti senti bene?» mi chiede prendendomi la mano.

Vorrei urlare, vorrei dirgli... che cosa, la verità?

«Sono solo un po' nervosa, ma adesso va meglio.»

Come attrice non valgo niente.

«Vale, Vale, io ti amo! Tu non sai quanto sono felice, tra di noi è tutto così perfetto, ci amiamo, ci vogliamo bene. Tu sei così bella, dolce e delicata, mi piaci perché non sei una come mia sorella, così irruenta e imprevedibile; con te mi sento felice, tu mi capisci e io sento subito quando sei un po' nervosa, come adesso. Lo so, anche se non me lo dici, lo vedo dalle facce che fai che hai paura quanto me. Ma non ti devi preoccupare, stasera sarà tutto bellissimo. Mentre eri a Londra ho avuto paura che qualcosa potesse cambiare il nostro rapporto, ma poi ogni volta che ti sentivo mi tranquillizzavo, niente e nessuno potrà mai toglierci quello che proviamo uno per l'altro. Io so che tu non potresti mai mentirmi, l'ho capito dal primo momento che mi sono innamorato di te.»

Lo fisso in silenzio; lui senza aspettare risposta tira fuori un pacchetto e me lo porge.

«Adesso?» chiedo esitante.

«Sì, adesso. Voglio brindare al nostro amore.»

E alza il bicchiere mentre anche io gli allungo il mio regalo.

Lui lo apre emozionato e tira fuori il portachiavi con la dedica.

«Vale, è il più bel regalo che mi potessi fare» dice emozionato mentre si allunga e mi dà un bacio sulle labbra.

Con mani tremanti apro il suo e trovo un braccialetto con su scritti i nostri due nomi. 'Marco e Vale. Per sempre'.

Scoppio a piangere come una fontana.

«Oh, Marco» comincio a dire, ma non riesco ad andare avanti, i singhiozzi sembrano irrefrenabili.

«Vale, che succede, non ti piace?»

Chiudo gli occhi e li riapro. Vedo tutto appannato.

«Il regalo è bellissimo. È che non ti merito, non sono come mi descrivi.»

«Smettila, perché dici così?»

Singhiozzo mentre mi copro il viso con le mani.

«Perdonami, Marco, perdonami.»

Lui indietreggia impercettibilmente.

«Vale, non capisco. Cosa dovrei perdonarti?»

Lo stomaco ormai si sta contorcendo, sento come se qualcuno mi ci stesse infilando dentro degli aghi affilati. Sento la voce di Marta che mi urla di fermarmi, di non rovinare tutto, che sono ancora in tempo. Ma è come se gli argini del fiume si fossero rotti, sono un fiume in piena, ormai niente e nessuno può fermarmi.

«Non sono la persona che tu pensi. Io... io sono un mostro.»

In quel momento arriva il cameriere e ci toglie i piatti. Ignaro, apparentemente, di quello che ci sta accadendo, chiede se vogliamo il dolce. Io rimango con la testa bassa mentre Marco, confuso, balbetta qualcosa che somiglia a un no e chiede il conto.

«Vale, calmati, non capisco proprio perché parli così.»

«Marco, ti prego, ascoltami. Quello che sto per dire è una cosa molto importante, ma voglio che tu sappia che io ti amo, ti amo da morire e mai, dico mai, avrei voluto ferirti o farti stare male.»

Lo vedo agitarsi sulla sedia, mentre tortura il tovagliolo.

Sta per parlare, ma io lo blocco con la mano.

«Ti prego, fammi finire, non mi interrompere. Altrimenti non troverò più il coraggio di dirti quello che devo.»

Chiudo gli occhi ancora una volta e tiro fuori tutta l'aria dai polmoni.

«La sera di Capodanno, a Londra, dopo che Mashita ha provato a baciarmi, confusa mi sono ubriacata e poi... non so bene come... ma ecco... insomma... la mattina dopo mi sono svegliata nel letto di un ragazzo. Marco, te lo giuro, lo so che non mi crederai ma io non ricordo assolutamente niente di quello che ho fatto.»

Silenzio di tomba.

Il cameriere, con una tempistica perfetta, porta il conto proprio in quel momento.

Marco, apparentemente calmo, si sfila il portafoglio dalla tasca dei jeans, prende i soldi e li mette sul tavolo. Aspetta che il cameriere se ne vada e poi mi guarda a lungo senza fiatare. Una lama sottile mi squarcia il petto e il sangue comincia a uscire a fiotti.

Ma rimango impassibile sotto il suo sguardo accusatore.

«Sei andata a letto con un altro? Come hai potuto?» riesce finalmente a dire in un sussurro.

«Marco... io...»

«Come, Vale, come?»

«Scusa.»

«Oddio, non posso crederci. E io che mi sono fatto mille scrupoli e paranoie. Dio, Vale, perché... perché hai rovinato tutto?»

Abbasso gli occhi.

«Ma allora mi hai sempre mentito. Non te n'è mai importato niente di me, ti sei presa gioco di me. Non capisco, è colpa mia? Ho fatto qualcosa di male?»

«Nooo, tu non c'entri niente. È solo colpa mia.»

Provo a prendergli la mano, ma lui la toglie stizzito.

«Mi avevi detto di amarmi, io pensavo che tu mi amassi veramente.»

«Ed è vero, io ti amo, quello è stato un errore, non conta niente. Non me lo ricordo neanche.»

Lui si copre il viso con le mani.

«Un errore? Ma di cosa parli, non sei mica a scuola. E cosa vuol dire che non te lo ricordi? Dio, che stupido sono stato, sono veramente un ingenuo, non imparerò mai, mai. E ho anche organizzato tutta la serata; immagino come ti sarai divertita alle mie spalle quando ti ho detto che volevo preparare tutto questo.»

«Non l'ho mai pensato. Non è vero, ti prego, Marco, devi credermi...»

«Dovrei? Dopo tutto questo dovrei crederti? Sei una stronza, sì, sei una grandissima stronza, ecco quello che sei. Mi hai tradito con uno sconosciuto e poi mi hai pure mentito per tutto questo tempo. Che stupido; e io che ti credevo sincera, che pensavo di conoscerti, per non parlare di tutte le paranoie che mi sono fatto nel non volerti forzare. Volevo che fosse tutto perfetto e naturale! Con che coraggio mi hai fatto questo regalo? Non ti perdonerò mai, mai.»

Si alza in piedi, mi lancia addosso il mio regalo ed esce di corsa dal locale.

Lo rincorro.

«Marco, ti prego, aspetta, Marco... io non volevo, te lo giuro, non volevo. È che quella sera ero sconvolta perché Mashita mi aveva baciata e io... io ero così confusa, lo so che non basta, ma ero ubriaca e fuori di me; non mi era mai successo, lo sai, mi conosci che non sono quel tipo di ragazza. Marco, te lo giuro! Marco, ti prego, fermati. Marco...»

Lui non mi ascolta, è arrivato di corsa al motorino e lo sta slegando.

Lo afferro per un braccio.

«Marco, devi perdonarmi, io...»

I suoi occhi sono due gelide fessure, e io mi sento gelare il sangue.

«Marco, io ti amo! Io... non posso vivere senza di te. Marco, ti prego, perdonami.»

Lui sale, si mette il casco e mi guarda un'ultima volta. Vedo una lacrima scendergli sul viso.

«È finita, Vale, non ti voglio vedere mai più. Ti odio per tutto quello che mi hai fatto, vorrei non averti mai incontrata!»

E se ne va via senza aggiungere altro.

«Marta, Marta, mi senti?»

«Vale? Ma da dove chiami?»

Chiudo gli occhi, cercando di parlare con calma.

«Non so dove mi trovo.»

«Ma cosa...»

Non la lascio finire.

«Non ce l'ho fatta, Marta, gliel'ho detto, sì, lo so, non mi dire niente ti prego... è stata una cosa bruttissima, e lui... lui prima è rimasto in silenzio, poi di scatto mi ha lanciato il regalo e se n'è andato; e poi mi ha detto cose che... è stato terribile, Marta, sento ancora il suo sguardo addosso» dico tra un singhiozzo e l'altro mentre appoggio la fronte a una macchina.

«Come ti è venuto in mente?»

«È stato più forte di me» rispondo sentendomi soffocare.

«Ma adesso dove sei?»

«Non lo so, non conosco la zona, siamo arrivati qui in motorino e io non ho guardato la strada. Mi sento male, Marta, mi viene da vomitare.»

«Calmati, Vale, respira, devi chiamare i tuoi e farti venire a prendere; è tardi, Vale, non puoi andare in giro da sola, è pericoloso. Ti prego, chiedi a qualcuno dove sei. Non posso credere che quell'idiota ti abbia lasciato lì da sola, non è da lui. Ma cos'è che gli hai detto esattamente?»

«Non lo so, Marta, non lo so, oddio mi sento male... non ce la faccio, non riesco neanche a respirare, mi sento malissimo» continuo quasi parlando a me stessa.

«Vale, Vale, dimmi dove sei, ti prego, non riattaccare, dove sei...» ma la voce di Marta sparisce all'improvviso. Mi si è scaricato il cellulare! Lentamente mi lascio scivolare a terra.

Passano minuti, forse ore, e io rimango così, come se fossi in un'altra dimensione.

Non può essere vero, ti prego, dimmi che è solo un incubo; adesso lui torna e sarà tutto come prima.

Silenzio, solo il fruscio del vento e un cane in lontananza che abbaia. Poi all'improvviso una voce proveniente da una casa vicino:

«Bene signori, adesso vediamo chi di voi mi sa dire che cosa vuol dire 'rincosperno'.

«A – un uccello;

«B – una pianta;

«C – un formaggio.

«Beep. La signora Carla è stata velocissima, complimenti.

«La risposta è C. Dunque vediamo un po'. Un momento di attenzione, se la risposta è esatta la signora Carla va in testa con ben 1.200 punti.»

Non è un formaggio, è una pianta, penso scuotendo la testa. Mi alzo a fatica dal marciapiede e cerco di mettere a fuoco; ma è buio e i lampioni coperti dalle piante mandano poca luce. Sono ferma sul ciglio della strada, cercando di decidere cosa fare, quando una macchina mi sorpassa, poi rallenta, fa retromarcia e sembra proprio venire verso di me. Il sangue mi si gela all'istante, e presa dal panico mi giro nella direzione opposta e comincio a correre a perdifiato senza guardarmi indietro. Mi battono le tempie mentre sento il cuore in gola; sono un'idiota, sì, sono proprio un'idiota. Continuo a correre alla cieca e mentre svolto a sinistra con la coda dell'occhio mi accorgo che adesso i fari mi stanno lampeggiando. Le gambe sembrano cedere, ma chi può essere e cosa vuole da me? Oddio... e adesso che faccio?

Ho fatto una stupidaggine, perché non sono tornata al ristorante? Continuo a correre, giro ancora un'altra volta a sinistra e poi a destra, mentre i fari della macchina continuano a essere proprio dietro di me. Non vedo una buca, così inciampo, batto il ginocchio e lo zainetto mi scivola dalle mani e vola in mezzo alla strada. Mi blocco un momento, poi senza pensarci due volte mi alzo di nuovo, attraverso la strada e lo afferro. Proprio in quel momento la macchina si ferma a un centimetro da me.

«Vale» urla qualcuno dal finestrino dell'auto.

Mi schermo gli occhi con una mano per guardare meglio. È la macchina di Giacomo.

Mi lascio cadere a terra.

«Marta, Giacomo, non vi avevo riconosciuto, come sono contenta che siete voi. Mi sono spaventata a morte quando ho visto la macchina avvicinarsi, non ho proprio pensato chepotevate essere voi. Come avete fatto a trovarmi?»

«Ho chiesto a Marco dove ti aveva lasciato.»

Appena lo sento nominare scoppio di nuovo a piangere a dirotto mentre mi copro il viso con le mani.

«Shh, Vale, calmati, adesso non ci pensare, tirati su, andiamo a casa, è tutto finito» aggiunge Giacomo, e con gesto affettuoso mi prende sotto braccio e mi aiuta a salire in macchina.

Ha ragione, è tutto finito!

Cinque mesi dopo.

Sono al supermercato con mia madre a fare la spesa. Spingo il passeggino di mia sorella, che non riesce a stare ferma.

«Giulia, smettila di toccare tutto» le dico togliendole un barattolo di pomodori che ha afferrato al volo dal ripiano accanto a noi. Ormai è diventata un disastro, non riesci a starle dietro, prende quello che trova a portata di mano. A casa, poi, dato che ormai cammina a quattro zampe, bisogna starle sempre accanto.

Ieri ho ricevuto una cartolina da Miguel, sì, proprio lui, il ragazzo spagnolo, quello della notte di Capodanno. Tre mesi fa non ho resistito e gli ho mandato un sms al numero che mi aveva dato Anneke, scusandomi per il modo in cui l'avevo trattato. In fondo non aveva colpe, cosa ne poteva sapere lui del casino che avevo combinato? Così mi sono fatta coraggio e gli ho scritto due righe. Pensavo che neanche si ricordasse di me, in fondo era passato talmente tanto tempo, e invece... invece è stato super felice di sentirmi, e mi ha invitato in Spagna.

Mia madre è più avanti con il carrello della spesa.

Per fortuna tra qualche giorno partiamo per il mare, a Roma fa un caldo pazzesco, e poi non c'è più nessuno.

Ci mettiamo in fila alla cassa quando mi ricordo di non aver preso i cornflakes, e così mentre mia madre con Giulia rimane in fila, faccio una corsa. Afferro la confezione, mi giro e vado a sbattere contro la schiena di un ragazzo; lui si volta... ed è Marco. Un silenzio imbarazzante aleggia tra di noi.

«Ciao.»

«Ciao, che ci fai qui?» chiedo per nascondere l'imbarazzo.

«Compravo della birra, stasera vado a una cena e tocca a me portare da bere» risponde alzando le lattine.

Bello come al solito, penso.

«È un bel po' che non ci vediamo, come stai?»

«Bene. Tu ancora a Roma?»

«Parto tra qualche giorno.»

Vorrei dirgli tante cose, lo vorrei tanto... mentre facciamo questa stupida conversazione, ma non ha senso, ormai non più. E poi è passato talmente tanto tempo. Cos'altro dire?

Dopo quella famosa litigata non ci siamo sentiti per settimane, lui si rifiutava di parlarmi, ma alla fine ci siamo rimessi insieme e io pensavo, sì, pensavo che fosse tornato tutto come prima. Ma mi sbagliavo, qualcosa era cambiato tra di noi. Io sentivo sempre il suo sguardo accusatore e il mio senso di colpa non riusciva, e ancora oggi non riesce, ad abbandonarmi; si era rotto qualcosa definitivamente. Era tutto diverso, noi due eravamo persone diverse. A nulla sono valsi tutti gli sforzi, i nostri tentativi per ricreare l'atmosfera che ci aveva legato. Ci abbiamo provato tutti e due, con tutte le nostre forze, ma l'amore che ci aveva legato sembrava non bastasse più.

«E tu invece, che mi racconti?» continuo.

«Parto tra dieci giorni e vado in campeggio in Sardegna con un gruppo di amici.»

Sento chiamare il suo nome, mi giro e una ragazza dietro di me si avvicina a lui.

«Marco, ho preso anche le patatine, che ne dici?»

Ho una fitta allo stomaco.

«Martina, lei è Valentina.»

«Ciao.»

«Ciao» rispondo mentre mi chiedo chi è.

«Senti, siamo in ritardo, che ne dici se andiamo? Dobbiamo ancora passare da me» continua lei.

Ma staranno insieme? La squadro da capo a piedi. Più alta di me, magra, capelli neri lunghi, occhi nocciola. Da come è avvinghiata al suo braccio direi proprio di sì. La fitta di gelosia rimane lì a torturarmi. Non mi sembra granché, chissà cosa ci trova in una tipa così, penso acida.

«Noi andiamo. Sono contento di averti rivisto. Divertiti, ciao» dice Marco guardandomi negli occhi.

«Ciao» rispondo.

«Ciao» aggiunge lei.

Li vedo andare via e un senso di solitudine e tristezza mi assale.

«Ma quello non era Marco?» chiede mia madre.

«Sì, era lui con la sua nuova ragazza» aggiungo io.

«Sembra carina.»

«A me non sembra proprio.»

«Smettila, Vale. Non ti è arrivata proprio oggi una cartolina da Miguel?»

Mentre mettiamo le buste della spesa in macchina mi arriva un sms.

Marco.

'Comunque è stato bello.'

Mi giro per non far vedere a mia madre la lacrima che mi riga il viso.

'Bellissimo, e il mio cuore sarà sempre per te!'

Indice

Dal catalogo Fanucci Editore

Teens

Caro Johnny Depp di Silvia Roncaglia
A piedi nudi, a cuore aperto di Paola Zannoner
Il mondo nei tuoi occhi di Loredana Frescura e Marco Tomatis
Elogio alla bruttezza di Loredana Frescura
Un anno dopo, l'amore di Loredana Frescura e Marco Tomatis
TVUKDB - Ti voglio un kasino di bene di Valentina F.
Solo in città di Olivia Crosio
Pesci volanti di Pierdomenico Baccalario ed Elena Peduzzi
La voce di noi due di Loredana Frescura
Matilde la ribelle di Paola Zannoner
Il mio cuore x te di Valentina F.
Forever di Loredana Frescura e Marco Tomatis
La prima volta che ti ho rivisto di Lorena Spampinato
Amaro dolce amore di Pierdomenico Baccalario ed Elena Peduzzi
Sono tossica di te di Beatrice Masini
Il sogno di un amore di Valentina F.
CBCR – Cresci bene che ripasso di Sabina Colloredo
Perché mai è diversa questa sera? di Silvia Roncaglia
Se ti fermi, ti innamori di Loredana Frescura
Giulio e il colore dei baci di Olivia Crosio
Quell'attimo chiamato felicità di Lorena Spampinato
TVUKDB – M'ama o non m'ama di Valentina F.

Teens International

Alicia e il cuore smarrito di Shari H. Grilli
Good Girls di Laura Ruby
Alicia e una pazza fuga d'amore di Shari H. Grilli
Baciami e uccidimi di Lauren Henderson
Più di un bacio di Daria Snadowsky
Sangue Blu di Melissa De la Cruz
Bacio Sacro di Melissa De la Cruz

Teens Varia

Tokio Hotel di Michael Fuchs-Gamböck e Thorsten Schatz
Jonas Brothers di Lexi Ryals
Il sogno di Valentina – il graphic novel di Valentina F. con i disegni di Tomatozombie
Corbin Bleu di Mel Williams
Amy Winehouse di Chas Newkey-Burden
È sesso o amore? di Darcy Luadzers
La scuola siamo noi di Emiliano Sbaraglia

In libreria

Valentina F.
Tomatozombie

Il sogno di Valentina

64 pagine
9,90 euro

Anche se non riesce ancora a dimenticare il suo precedente e tormentato amore per Marco, Valentina comincia ormai a cedere al fascino del suo nuovo compagno di classe, Mirko, così bello e passionale, nei cui occhi verdi e profondi sembra nascondersi un mistero. Mirko le ha promesso una sorpresa: una serata particolare, solo loro due, in un posto speciale, il suo rifugio vicino al mare. Tra una bottiglia di vino e una canzone d'amore, l'atmosfera si fa sempre più intima, quando il ragazzo decide di confessare il suo grande segreto, quello che può rivelare solo all'amore della sua vita. Cosa nasconde Mirko, che ha origini slave e un passato che nessuno conosce? Sospesa tra sogno e realtà, Valentina dovrà capire se è proprio lui il ragazzo che vuole o se è vero che anche Marco continua a provare qualcosa per lei...

Il magico tratto di Tomatozombie, una delle più giovani e famose illustratrici del panorama europeo, dà vita a un graphic novel basato sul romanzo Il sogno di un amore di Valentina F., autrice ormai di culto per le teenager italiane.

Contiene un poster a colori in omaggio!

In libreria

Loredana Frescura

Se ti fermi, ti innamori

192 pagine
14,00 euro

Perugia-Senigallia-Spagna. Una geografia inconsueta per la storia di due giovani che non riescono a innamorarsi. Adele si è trasferita da Perugia a Senigallia con la sua famiglia, dove David vive da sempre e sogna la Spagna. Adele è sempre alle prese con i destini del mondo e con la domanda che un giorno le ha fatto un partigiano: cosa sognano i giovani oggi? David non vuole somigliare a suo padre, che lo ha abbandonato per andare a curare i bambini in Africa, ama gli alberi e ha una domanda tutta sua alla quale vuole rispondere: chi sono io? Adele, pigra, si sente spesso a disagio anche se i suoi amici la considerano una tipa giusta. David ama prendere la moto e partire sentendo la strada fin sulle mani e vincendo nella corsa la sua solitudine. Questi due ragazzi così diversi non si conoscono tra loro, ma tutti e due sono amici di Paola. E forse Paola fa parte del loro destino, dei fili che si intrecciano e formano il tessuto della vita. E quando ognuno di loro capirà che è meglio fermarsi per ascoltare il vento e per capire come proseguire il viaggio, arriverà l'incanto di un cuore finalmente in grado di amare e di non sentirsi più solo.

Il nuovo romanzo dell'autrice di best seller come *Elogio alla bruttezza* e *Il mondo nei tuoi occhi*. Una toccante storia d'amore e di amicizia.

In libreria

Olivia Crosio

Giulio e il colore dei baci

256 pagine
15,00 euro

Giulio ha trovato il suo amore in un bar del Naviglio Grande, a Milano, tra i tavolini affacciati sull'acqua. Lucia, la barista, è fantastica e sembra ritagliata su misura per lui. Ma l'amore non è mai semplice e a complicarlo si mettono un gatto, un rivale insospettabile e un buco nella pancia, che proprio non ci voleva. Per non parlare della natura delle ragazze in generale, a volte così spiazzante. Come se non bastasse, dietro i vetri del palazzo di fronte si aggira un cuoco indiano in turbante arancione e sotto casa fa la sua comparsa un uomo in cravattino e completo marrone dai comportamenti alquanto sospetti... E così, tra i bulli della scuola che se la prendono sempre con i più deboli, Lucia che gli strappa il cuore e ne fa tartine per l'happy hour e una nonna Brigida sempre più irrefrenabile, Giulio si troverà ad attraversare un autunno tempestoso che lo metterà a dura prova e gli farà sentire il dolce amaro sapore della vita.

Dall'autrice di *Solo in città*, una nuova avventura per Giulio, alle prese con il primo amore: perché anche a sedici anni la vita può essere amara e farci scoprire, oltre al colore dei baci, il nostro desiderio di cambiare il mondo.

In libreria

Lauren Henderson

Baciami e uccidimi

256 pagine
15,00 euro

Quando Scarlett Wakefield, sedici anni, si trasferisce al Wakefield Hall College, prova un grande sollievo: nessuno laggiù conosce il suo terribile segreto. È passato qualche mese, ma l'incidente avvenuto a una festa ancora la tormenta... Invitata a un party esclusivo al quale partecipava una quantità di persone veramente cool, tra cui spiccava il nome di Dan McAndrew, non osava nemmeno immaginare come sarebbe stato dare il suo primo bacio a quel ragazzo meraviglioso. Ma sulla terrazza dell'attico Dan si era avvicinato proprio a lei, l'aveva guardata negli occhi, l'aveva abbracciata, e in pochi istanti il sogno era diventato realtà. Il loro bacio era stato perfetto, magico, ma poi... Dan all'improvviso era caduto a terra ed era morto tra le sue braccia, e tutti avevano cominciato a sospettare che lei avesse a che fare con quella disgrazia. Ora però Scarlett si sente al sicuro, e vorrebbe dimenticare tutto. Ma Scarlett non può nascondere per sempre il suo passato, soprattutto dal momento in cui riceve una lettera che potrebbe aiutarla a capire cos'è davvero successo al suo primo e ultimo amore...

In libreria

Melissa de la Cruz

Sangue Blu

288 pagine
15,00 euro

Schuyler Van Alen frequenta un'esclusiva scuola privata di New York, in cui non si è mai ambientata fino in fondo. Ha quindici anni quando la sua vita cambia di colpo: una compagna di scuola, Aggie, viene trovata morta, suscitando in lei un'ossessione che non sa spiegarsi. Ma non è solo questo a sconvolgerla: Jack Force, il ragazzo più bello del suo corso mostra un improvviso interesse nei suoi confronti come se Schuyler nascondesse un'insospettabile natura piena di fascino e mistero. Poi c'è Bliss, una ragazza appena arrivata che frequenta quella snob di Mimi, la sorella gemella di Jack, e che si innamora in un attimo del suo amico Dylan. E a complicare ulteriormente le cose ci si mette sua nonna Cordelia, che a oltre novant'anni sembra un'affascinante cinquantenne, un cane che trova per strada e sembra essersi innamorato di lei, un amico geloso fino al ridicolo e un lavoro come modella capitato proprio per caso. Così, tra il cuore che batte per Jack, e Dylan che si mette nei guai, Schuyler dovrà capire cosa si cela dietro la morte di Aggie e nel farlo entrerà in contatto con un mondo fino ad allora sconosciuto che la costringerà a scoprire qual è il suo unico destino... Una New York magica e sei ragazzi alle prese con un delitto tra scuola, amori e una missione più grande di loro.

In libreria

Daria Snadowsky

Più di un bacio

256 pagine
15,00 euro

Dominique Baylor, studentessa dell'ultimo anno delle superiori, sogna da sempre di diventare un medico. Quando non è impegnata in gare scolastiche incentrate su quiz scientifici, il suo passatempo preferito è giocare all'Allegro Chirurgo, che ha da quando era bambina. Si sente molto diversa dalla sua migliore amica Amy, spigliata e audace, soprattutto con i ragazzi... ma poi un giorno, a una partita di football, conosce Wes, campione di atletica, uno dei ragazzi più belli della scuola, forse un po' introverso, eppure Dom sente da subito per lui un'attrazione mai provata prima. I due cominciano a scriversi e-mail e chattare via internet, e ben presto la loro relazione diventa molto più reale e fisica: imparano a conoscersi sempre più, scoprendo ed esplorando insieme il sesso per la prima volta. E quando, dopo il diploma, la scelta dell'università li porta lontani uno dall'altra, Dominique potrebbe dover affrontare l'idea che forse il primo amore non è per sempre.

La fase più cruciale della vita di ogni adolescente, tra dubbi, aspettative, frustrazioni e successi, in un romanzo che non teme di affrontare il tema del sesso in modo esplicito, senza tabù e ipocrisie, il tutto visto attraverso uno sguardo a tratti ironico e a tratti 'scientifico' della protagonista.

In libreria

Lorena Spampinato

Quell'attimo chiamato felicità

240 pagine
14,00 euro

La vita è fatta di scelte. Di direzioni. Di strade. Ce n'è una che è sempre la più facile, specchio di sorrisi comodi e sogni intorpiditi. Una scorciatoia ingenua per chi non ha voglia di camminare troppo. Stella e Maurizio la percorrono tutta, quella strada, senza mai guardarsi in faccia. Vicini, ma non abbastanza per toccarsi veramente. Due generazioni diverse, e due storie che sembrano non incontrarsi mai. Entrambi si trovano a vivere un'illusione che fa da muro a ogni loro aspettativa. Un gioco pericoloso nel quale è facile confondere l'amore con il sesso e la bellezza con la finzione. Solo l'impatto con la realtà farà sì che il terreno solido sul quale avevano costruito il loro sogno possa franare di colpo e lasciarli persi. Una storia di rimorsi che mangia il cuore lentamente, per poi farlo rinascere in un solo attimo. Un attimo che vale una vita intera.

Visita il sito di Lorena Spampinato all'indirizzo
www.lorenaspampinato.it

In libreria

Chas Newkey-Burden

Amy Winehouse

288 pagine
13,90 euro

La biografia completa di una delle star più acclamate e controverse del panorama musicale: dall'infanzia al successo, con interviste esclusive e aneddoti mai pubblicati prima!

L'enorme talento di Amy Winehouse ha scosso gli animi di un'intera generazione. La sua voce da cantante soul le ha dato il favore della critica, le ha fatto vincere innumerevoli premi e le ha assicurato l'affetto di milioni di fan in tutto il mondo. Il suo stile di vita turbolento e 'pericoloso', invece, l'ha resa facile preda della stampa scandalistica. L'affascinante biografia di questa incredibile cantante prende il via dall'infanzia, trascorsa nella zona nord di Londra, e la segue da vicino nei primissimi successi, sotto la guida dell'agente considerato un guru del pop, Simon Fuller, fino al primo contratto con la Island Records. Poi il secondo album di Amy, Back to Black, e il lancio sul mercato internazionale, culminato con i 5 Grammy Awards vinti nel 2008 a Los Angeles. Con interviste e racconti inediti svelati direttamente da Amy al suo pubblico, questa biografia racconta i retroscena di una leggenda vivente, una star ribelle, selvaggia, ma anche una cantante straordinaria.

Chi è davvero Amy Winehouse? Questo libro ve lo svelerà!

In libreria

Darcy Luadzers

È sesso o amore?

320 pagine
16,00 euro

Il 90% delle ragazze di sedici anni si pente della prima esperienza sessuale. Poiché quello della perdita della verginità è un argomento tabù in molte famiglie e in molte scuole, è altissimo il rischio che venga quasi completamente a mancare un'educazione sessuale per le adolescenti, che non hanno nessuno che le aiuti a capire se sono davvero pronte fisicamente ed emotivamente, o che insegni loro come dire 'no' se non se la sentono ancora. È sesso o amore? contiene il resoconto di 40 storie vere di adolescenti alle prese con la loro 'prima volta', le conseguenze fisiche, psicologiche e sociali del fare - o non fare - sesso. Questa guida svela come si può fare sesso senza soffrire, la prima volta come le successive.

Alcuni degli argomenti trattati:
La prima volta: chi, cosa, quando, perché e come;
Come dare voce alle vostre esigenze sessuali e fare la scelta migliore;
Violenza sessuale: cos'è e come cercare di prevenirla.

In libreria

Emiliano Sbaraglia

La scuola siamo noi

192 pagine
13,00 euro

La scuola siamo noi non è un romanzo, né un reportage narrativo né un saggio; è un libro nuovo nel suo essere concepito e scritto, dove è possibile comprendere la grande potenzialità che i ragazzi rappresentano e dare loro la possibilità di vivere un futuro diverso.

C'è una classe, la quinta di un liceo scientifico di provincia, che è indietro nel programma di latino e italiano, e c'è un professore, supplente e precario da dieci anni, che deve portarla alla maturità, cercando di recuperare il tempo perduto. E poi ci sono i mille ostacoli che i ragazzi incontrano ogni giorno: gli amori che nascono in classe o fuori, i genitori che si separano, la politica come scelta di vita, l'etica e la religione, la gita a Firenze, il sesso e la droga, Obama, Dante Aligheri, Seneca... Ma c'è anche un rapporto aperto e solidale che si crea tra loro e il professore, una fiducia che cresce piano piano, un nuovo modo di fare scuola oltre i ruoli che ognuno rappresenta, sfidando il preside perché 'le lezioni si fanno a porta aperta, e a porta chiusa si lasciano parlare gli studenti'. Questo libro è la loro storia.

In libreria

Valentina F.

TVUKDB – M'ama o non m'ama

256 pagine
15,00 euro

Valentina si lascia andare completamente alla storia con Mirko, stringendo un rapporto così intenso e forte da legarla sempre di più a lui. Le giornate volano via tra la scuola, il corso di recitazione, la danza e i momenti da trascorrere con un ragazzo così affascinante e pieno di sorprese. Anche Marta, la sua migliore amica, sembra aver ritrovato la serenità, mentre Giò deve combattere con la gelosia di Filippo, e Sara è in crisi con Andrea. Arriva, così, il momento per andare a trovare Giò a Firenze, accompagnata dagli inseparabili amici. Sarà l'occasione per fare nuove conoscenze e consolidare il rapporto tra le quattro amiche, godendosi dei momenti magici. Ma ecco che il passato torna a perseguitare Valentina: Marco riappare e la sicurezza che pensava di aver trovato accanto a Mirko comincia a vacillare. Cosa succede quando ci si trova di fronte a una scelta così difficile?

Il suo cuore desidera più Marco o Mirko? Dopo i successi di *TVUKDB*, *Il mio cuore x te* e *Il sogno di un amore*, torna l'autrice che ha conquistato migliaia di lettrici e che ci svelerà una volta per sempre chi ha scelto per vivere insieme una lunga storia d'amore.

Visita il blog di Valentina F. all'indirizzo
http://www.vale-tvukdb.blogspot.com/

Per consultare il nostro catalogo
visita il sito www.fanucci.it
e iscriviti alla newsletter
per essere continuamente aggiornato
sulle nostre pubblicazioni.

Visita il blog di Valentina all'indirizzo
http://www.vale-tvukdb.blogspot.com/

FSC

La carta utilizzata per la stampa di questo libro
ha ottenuto la certificazione ambientale
del Forest Stewardship Council. Il marchio F.S.C.
identifica i prodotti contenenti legno
proveniente da foreste gestite secondo
rigorosi standard ambientali, sociali ed economici.

Finito di stampare nel giugno 2009 presso
Puntoweb - via Variante di Cancelliera snc - Ariccia (RM)
Printed in Italy